P. LÉON

DE L'ORDRE DES FRÈRES-MINEURS CAPUCINS

FLEURS DE MAI :

Toute puissante

MOIS DE MARIE

Imprimatur :

A. R. P. TIMOTHEUS A PODIO LUPERII

Min. Prov.

Parisiis, 1 Maii 1897.

Eia ergo, Advocata nostra.

Au secours, Avocate de l'humanité.

MES FRÈRES,

La parole est la reine des puissances. Le glaive des conquérants déplace les frontières; l'or des financiers bâtit des cités, multiplie les merveilles de l'industrie; le pinceau, l'archet, le marteau des artistes, en idéalisant la nature, captivent notre admiration.

Mais toi, verbe des lèvres vibrantes, écho magique des sentiments, timbre d'or des grandes pensées, ô parole humaine! tu électrises, tu fais frissonner les cœurs, tu bouleverses les âmes, tu agites les intérêts du monde; par toi s'entremêlent les drapeaux et rayonnent les armes des nations; sur toi s'appuie la civilisation; sur toi repose l'Église de Jésus-Christ; par toi marche ici-bas la gloire de Dieu.

Tu t'indignes; et l'on frémit.

Tu t'attendris; et l'on pleure.

Tu chantes; et l'on rêve.

O parole humaine! ô richesse, ô splendeur, ô royauté!...

Mais je ne veux pas te saisir sur la lèvre des orateurs, lorsque tu claironnes la cause de la liberté. Je te prendrai sur les lèvres de la femme, cette faiblesse; de la Vierge, cette beauté; de la mère, cette tendresse.

En Marie, mère de Dieu et des hommes, tu m'apparais comme le suprême triomphe de l'éloquence. « *Omnipotentia supplex* : l'omnipotente supplication ! »

Oui; la Vierge est toute-puissante :

Nous allons nous en convaincre en étudiant :

I. — **Les merveilleuses aptitudes de la céleste Avocate.**

II. — **Les triomphes oratoires de la céleste Avocate.**

I

Merveilleuses aptitudes de la céleste Avocate.

Bien que femme, la très sainte Vierge Marie a reçu pour défendre victorieusement la cause des pécheurs toutes les aptitudes : un mandat divin, la connaissance des lois, l'intégrité et l'honneur, le cœur et le dévouement : magnifiques prérogatives qui la font plaider toujours, partout, pour tous, gratuitement.

Développons ces pensées.

Avocate du genre humain, Marie est une femme.

— La femme ne doit pas usurper les fonctions de l'homme. Des circonstances extraordinaires l'ont sans doute mise quelquefois dans la lumière d'un ministère éclatant : Alors Judith s'arme du glaive libérateur; Esther lève le sceptre d'or; Jeanne d'Arc arbore l'étendard des batailles. L'histoire célèbre ces héroïnes miraculeusement opportunes ; mais ce sont là de prodigieuses exceptions, et la faiblesse de l'instrument révèle au monde la toute-puissance de Dieu.

Quel est donc le rôle ordinaire des femmes?

Lorsque l'Esprit-Saint nous trace l'idéal de la femme forte, Il la montre active et douce, sage et pure. Il ne la place ni au milieu des camps ni dans la tribune des orateurs.

Il la dépeint dans un monde tout intime : son époux, ses enfants, ses serviteurs.

Maîtresse de maison, reine du foyer, ange de la famille, la femme apparaît dans la Bible quelquefois couronnée des lauriers de la victoire, souvent des roses du martyre : jamais coiffée de la toque des avocats.

La femme que l'Esprit-Saint préconise ne feuillette ni le code civil, ni les dossiers judiciaires; elle ne pérore point dans « l'agora »; mais, tranquille en son « home », elle fait tourner le rouet, et ses doigts tiennent le fuseau : *digiti ejus apprehenderunt fusum.*

La femme ne doit donc réclamer ni l'apostolat de la chaire, ni les plaidoiries du barreau.

Ce n'est pas que la femme soit dépourvue des qualités oratoires. Dieu lui a fait, au contraire, à ce point de vue, une part exceptionnellement belle et enviable.

Placée entre ses enfants et son mari, elle tempère ce que ceux-là ont de trop léger, celui-ci de trop sévère : elle intercède, elle explique, elle atténue, elle persuade. Entre ses mains les enfants déposent leurs pétitions; par ses lèvres le père donne ses ordres. Mi-homme, mi-enfant, la femme du foyer pose les questions délicates, dirime les litiges embarrassants.

Elle exerce là son doux et précieux ministère : le fort et les faibles s'en remettent perpétuellement à son habileté : *Eia ergo, Advocata nostra.*

A la femme convient la loi de clémence : *lex clementiæ in lingua ejus.* A la femme convient une parure de courage et de beauté : *decor et fortitudo indumentum ejus :* ce sont ses prérogatives au sein de la famille.

En toute autre assemblée, la modestie doit lui servir de voile, le silence de bouclier : *Taceant mulieres in ecclesiâ.*

Pourquoi la femme ne plaide-t-elle pas en public? Pourquoi la femme en robe et en manchettes d'avocate nous fait-elle ou sourire ou trembler?

L'Esprit-Saint nous le révèle : *Sicut ascensus arenosus pedibus veterani, sic mulier linguata homini.*

Elle s'exposerait peut-être à prolonger plus qu'il ne sied la série des considérants. L'ampleur des raisonnements ôterait aux plaidoyers quelque chose de leur clarté, de leur logique, de leur brièveté. Aux vétérans de la magistrature, cette parole trop abondante finirait par peser. Ils donneraient, qui sait? à l'avocate intrépide, des signes d'assentiment, dont ils n'auraient pas toujours conscience.

Pourquoi la femme ne prend-elle pas la parole à la barre des tribunaux?

L'Esprit-Saint en donne une seconde raison : A la longueur des plaidoiries s'ajouteraient l'attirance et les charmes naturels de l'avocate ; la beauté d'un visage souriant, le magnétisme d'un regard voilé de douce mélancolie auraient probablement sur le jury une trop facile puissance de séduction.

Speciem mulieris alienæ multi admirati, reprobi facti sunt : La rigidité des principes ne mollirait-elle pas quelque peu dans un débat aussi passionné?

La justice doit être sévère et glaciale : La femme-avocate ferait-elle véritablement la lumière ; ne soufflerait-elle pas l'incendie? *Colloquium enim illius quasi ignis exardescit.*

Voilà pourquoi les femmes n'ont aucun rôle dans les assemblées judiciaires.

Une seule fait exception ; une seule est l'avocate d'office devant un tribunal sans appel : *Advocata nostra !*

Oui, Marie seule a le droit de soutenir juridiquement, à la face du ciel et de la terre, la cause de ses clients.

Marie est une *femme :* de toutes les femmes la plus belle, la plus aimable.

Elle est la Vierge : c'est-à-dire la femme, sœur des anges, les mains pleines de lis, le front auréolé de lumière.

Elle est la Mère : c'est-à-dire la femme fière de porter entre ses bras les gerbes vivantes de ses amours.

Elle est la Martyre : c'est-à-dire la femme endeuillée de larmes, aux lèvres pâles, brûlantes des baisers sanglants du crucifix.

Elle est la Reine : c'est-à-dire la femme assise à côté du Christ dominateur, dans le rayonnement de sa beauté, de sa puissance, de sa miséricorde.

— Femme, *Elle reçoit de Dieu son mandat authentique* d'Avocate du genre humain.

Elle l'exerce dans l'Évangile, en faveur du bon larron. Elle obtient sur l'heure, non pas une sentence d'élargissement, mais une réhabilitation. Que dis-je? une canonisation officielle, la plus éclatante de tous les siècles : *Hodiè mecum eris in paradiso!*

Elle entend chaque jour la sainte Église lui décerner le titre qui désigne sa fonction : *Eia ergo, Advocata nostra.*

Faut-il prouver à notre monde moderne la pérennité de cette investiture?

En l'année des effroyables malheurs de la France, au soir du 17 janvier 1871, tandis que de notre territoire envahi « montaient toutes les angoisses de l'abandon, les cris des blessés, la flamme des incendies, la fumée du sang répandu, le fracas des ruines, les voix de l'agonie et, par-dessus tout, les prières des âmes saintes qui demandaient grâce et pardon », à Pontmain, la céleste Avocate se montra à des enfants. Ils la virent dans sa robe bleu foncé, étoilée d'or. De ses manches, larges et pendantes, sortaient deux mains fines tenant un crucifix rouge.

Entre le ciel en feu et la terre blanche de neige, la belle Dame, triste et souriante tour à tour, nous révélait son message d'espérance.

Vêtue comme les avocats à l'audience, Marie s'irradiait à tous les yeux.

Sur la banderole immaculée s'écrivit la phrase du paradis :

Mais priez, mes enfants. Dieu vous exaucera en peu de temps.

Mon Fils se laisse toucher.

Mère des hommes : *Mes enfants.*

Mère de Dieu : *Mon Fils.*

Elle apparaissait, de par le mandat divin, dans l'exercice de sa sublime fonction.

Alors, seulement, les enfants la reconnurent et s'écrièrent : « C'est la sainte Vierge! (1) »

Oui, c'est Elle ; debout entre le Christ et les pécheurs, Elle s'emploie à réconcilier la justice avec la miséricorde.

Dieu, avec ce mandat, lui a confié les grâces dont Elle avait besoin pour le remplir.

1. Louis Colin, *Notre-Dame de Pontmain.*

Marie a la connaissance des lois.

Tout bon avocat doit posséder son code. A lui de savoir les décrets portés, les modifications survenues, la nature et la peine des délits, les circonstances atténuantes qui peuvent tempérer le rigorisme de la sentence.

Qui donc, mieux que la Vierge Marie, est au courant de la législation divine? N'a-t-Elle pas enfanté l'Auteur de la loi nouvelle : Notre-Seigneur Jésus-Christ?... N'a-t-Elle pas « médité dans son cœur » chacune des leçons de la vie du Sauveur? N'a-t-Elle pas été, durant de longues années, à l'école de son expérience?

Elle sait d'autant mieux compatir aux malheureux qu'Elle a ressenti les coups du malheur. A l'instar de Jésus, Marie a savouré toute l'amertume de nos misères, hormis celle du péché. *Haud ignara mali, miseris succurrere disco.* Elle excelle dans l'art d'excuser les coupables.

Marie jouit d'une integrité parfaite : son honneur est invulnérable.

Malheur à l'avocat qui préfère son intérêt privé à l'inviolabilité du droit!

Lorsqu'au prétoire — cosmopolite comme la cité, — le million fixe la moyenne de « l'honorabilité », à travers la buée des égoïsmes, les caractères s'effacent. Ils ont vécu.

L'implacable stigmate du vieil Isaïe s'impose alors à la société démente :

« La justice a habité en Jérusalem; maintenant elle est le séjour des assassins...

« Tes chefs infidèles, ô Sion, sont les complices des voleurs : *Socii furum.*

« Tous chérissent les chèques : *Diligunt munera.*

« Tous poursuivent les pots-de-vin : *Sequuntur retributiones.*

« Ils ne jugent pas en faveur de la veuve, et ne prennent pas en main la cause de l'orphelin (1). »

— La Vierge Marie est au-dessus de tout soupçon : d'un honneur impeccable, Elle se présente devant la justice de Dieu avec

1. Isaïe, 1.

la calme fierté de l'innocence. Elle est l'Immaculée! En Elle l'horreur des taches prélude, avec une intensité plus que séraphique, au culte de la Sainteté divine.

Dieu n'a pas à frapper dans la céleste Avocate ce qu'Il découvre en nous, ses misérables clients.

Agréée de Dieu, Marie est agréable aux pécheurs. *Elle plaide toujours; Elle plaide partout.*

Il est des jours durant lesquels le palais demeure fermé. Les avocats sont en vacances. Bon gré, mal gré, les plaignants doivent respecter ce repos. Cette suspension des plaidoiries leur causât-elle les plus sérieux dommages, il faut en passer par là.

Marie ne chôme jamais. Vous la trouverez toujours fidèle à son poste; toujours prête à vous rendre service; toujours prompte à prendre en main votre cause.

O douce apparition du dévouement que rien ne déconcerte, ni n'arrête, ni ne fatigue!...

Les autres avocats ne sont pas tenus de courir le monde pour s'intéresser à tous les malheureux : il leur suffit d'accueillir ceux qui sollicitent leur concours.

Mais vous, ô Marie, vous n'attendez pas qu'on vous prie : vous cherchez des accusés! vous êtes en quête de plaidoiries!

Marie plaide toutes les causes.

« Avocat sans cause;

« Avocat de n'importe qui, et de n'importe quoi;

« Avocat exclusif des honnêtes gens :

« Qui ne connaît ces trois catégories? La plus copieuse n'est peut-être pas la dernière (1). »

Serait-ce injurieux et téméraire d'affirmer que la très sainte Vierge, toujours en activité de service, amie fidèle des justes, s'emploie surtout à défendre les intérêts des misérables? « Avocate de n'importe qui et de n'importe quoi? »

Avec le bienheureux Grignon de Montfort, je le proclamerai hautement : Notre-Dame de Miséricorde soutient devant le tribunal de Dieu les causes les plus embrouillées, les plus véreuses, les plus désespérées!

1. *Honnête avant tout,* par Ribet, p. 198.

« O scélérats les plus pervertis, malfaiteurs les plus enracinés dans le crime, s'écrie un saint Docteur, réjouissez-vous ! Vous avez une avocate (1). »

Marie plaide avec succès.

Par quels stratagèmes de procédure, par quel génie d'insinuation, la Vierge obtient-elle de Dieu commutation de tant de peines? Comment soustrait-elle un si grand nombre de pécheurs aux juridictions régulières de la justice, pour les couvrir du manteau de la miséricorde?

C'est là votre secret, ô Marie. Mais il est facile de le deviner. Mère de Dieu et Mère des hommes, vous avez toutes les tendresses de leur cœur; vous possédez toute leur confiance.

« Vous êtes la bénie entre les femmes », « la toute belle », la très charmante ! « Un seul de vos cheveux ravit le cœur du Juge éternel ! »

« Détournez vos yeux, ô mon amie, ô ma parfaite, dit le Seigneur; car leur lumière, douce comme les regards de la colombe, donne des ailes à mon cœur; mon cœur s'envole! Détournez vos yeux : car je ne puis plus sévir. *Averte oculos tuos a me, quia ipsi me avolare fecerunt.* »

O puissante Avocate, vous obtenez tout ce que vous demandez : *Omnipotentia supplex.*

L'Évangile nous raconte vos succès :

Vous plaidez la cause des Mages : Dieu leur accorde la grâce de l'apostolat et du martyre.

Vous plaidez la cause de Joseph et la vôtre au temple de Jérusalem : le Christ interrompt sa prédication et vous suit à Nazareth.

Vous plaidez la cause des jeunes époux de Cana : le vin miraculeux remplit les urnes de pierre.

Vous plaidez, à huis clos, au Cénacle, la cause de l'Église naissante ; vous hâtez la descente des langues de feu, — véhicule de l'Esprit-Saint, — sur le premier Concile œcuménique. Les annales de la catholicité ne sont, depuis dix-neuf siècles, que le compte rendu des causes célèbres par vous défendues et gagnées !

1. Saint Bernard.

O femme admirable, Dieu ne sait pas résister à vos charmes. Vous êtes l'Avocate du genre humain; vous avez, pour exercer votre fonction, les plus merveilleuses aptitudes : dès lors, comment ne remporteriez-vous pas d'incomparables triomphes oratoires?

II

Triomphes oratoires de Marie.

La Vierge Marie plaide devant le Dieu de toute sagesse et de toute justice, — contre l'ange du mal, Satan, — la cause désespérée des pécheurs. De là naît pour elle un triomphe à nul autre second.

— *Elle plaide devant le Dieu des justices.*

Qui donc osera entrer en jugement avec Dieu?

— Adultère et homicide, David, trempé d'une sueur d'épouvante, se retourne en vain sur la couche nocturne de ses remords. L'épine de l'angoisse le transperce de toutes parts : *dum configitur spina.*

Il jette à tous les échos la clameur lamentable de son *Miserere!* la sourde plainte de son *De profundis* : « Si vous observez les iniquités, Seigneur, Seigneur, qui résistera? »

« Si les anges, intacts et sans douleur, ne sont pas purs devant vos yeux, comment le fils de l'abîme, conçu dans le péché, et roulé dans son empire, à travers toutes ses horreurs multipliées par elles-mêmes : vase d'argile, caillou jeté de rochers en rochers, à travers les torrents débordés de l'iniquité universelle; comment aurait-il fait pour supporter tous les chocs sans accident, et faut-il le briser, parce qu'il est très fragile? (1) »

— Job, couché nu, dans l'opulence de son fumier sublime, ensoleillé des espérances de la Rédemption : *Credo quod Redemptor meus vivit!* objecte au Tout-Puissant le luxe écrasant de sa pénurie : « L'homme, né de la femme, vit peu de temps; il surabonde de misères. Fleur passagère, ombre rapide, semence immonde, il est indigne d'attirer vos regards. O Dieu!

1. Ernest Hello, *Paroles de Dieu*, p. 161.

retirez-vous de lui! n'entrez pas en jugement avec ce misérable! Qui le protégera au sein des ombres infernales? Qui le cachera loin de votre fureur? (1) »

— Jérôme, ce grand ultramontain du désert, frissonne de terreur et sue à grosses gouttes à la barre du tribunal sans appel des éternelles justices.

« *Verebar omnia opera mea, sciens quia non parcis delinquenti.* »

« Hélas! hélas! si le juste est à peine sauvé, où se réfugieront le pécheur et l'impie : *heu, heu! si justus vix salvabitur, impius et peccator ubi parebunt?* »

Que devenir, avec les démons pour accusateurs, la conscience et les anges pour témoins, Dieu pour juge? « *Ardua causa! supremum negotium!* » Que faire? Désespérer? Non!

Prendre l'avocat d'office : Marie.

Eia ergo, Advocata nostra!

Sans doute, Dieu, en sa sévérité, est un exacteur impitoyable. Nous avons, malheureux, mille raisons de craindre : Dieu fixe la cime des montagnes; il les touche d'un regard : elles fument, elles flambent : *tangis montes et fumigant.* Devant la face de Jéhovah les torrents reculent, terrifiés, vers leur source. Comme des béliers bondissants, les eaux de la mer s'emportent.

« O Dieu! les créations ressemblent entre vos doigts à la fine balance du joaillier qui pèse ses pierreries! » — « Les mondes sont une goutte de rosée sur un brin d'herbe! »

« Vous rejetez les nations : tel un vêtement usé au coude. Vous seul êtes immuable, ô mon Dieu! »

Mais à votre puissance nous opposerons, avec confiance, avec sécurité, l'éloquence de celle que vous nous avez donnée pour avocate.

La Vierge Marie sait, peut, veut nous sauver. Elle seule est capable de plaider devant vous, ô Seigneur, les circonstances atténuantes de nos iniquités!

Regardons-la, écoutons-la, mes Frères. Quelle plaidoirie se peut comparer à la sienne?

« Pardonnez, ô Père, dit la Vierge, à ceux qui, bien que pécheurs, sont vos enfants!

1. Job, 14.

« Pardonnez, ô Vous, qui êtes l'infinie miséricorde : La miséricorde, mieux que la justice, célèbre vos louanges et vous moissonne la gloire.

« Pardonnez à vos créatures débiles et tentées, afin que Satan ne triomphe pas, contre Vous, de leur damnation.

« Pardonnez, ô Jésus, ô mon Fils, à vos pauvres chrétiens. Détournez vos yeux de leurs péchés. Regardez vos plaies, ô Sauveur ! ils sont le fruit de votre sang ! Souvenez-vous de votre copieuse, de votre surabondante Rédemption. Ne vous souvenez-vous plus de vos paroles : « Le médecin n'a que faire des « gens en santé ; il recherche les malades : *non est opus valenti-* « *bus medico, sed malè habentibus.* »

« Je ne viens pas appeler les justes, mais les pécheurs : *non* « *veni vocare justos, sed peccatores.* »

« Ralliez donc à Vous ceux qui défaillent, ceux qui souffrent, ceux qui désespèrent !

« O Sauveur du monde, sauvez-les ! »

Et Marie développe son touchant plaidoyer. Elle plaide les circonstances atténuantes des pécheurs : l'infirmité de la chair, les défaillances de la volonté, les séductions du démon, l'influence des mauvaises compagnies, le fatal héritage d'un sang vicié, les ignorances, les légèretés de la jeunesse, les fascinations du monde, etc., etc...

Comment ne serait-Elle pas écoutée ? Comment Dieu ne céderait-Il pas aux raisons d'une telle Avocate ?

Coriolan ne put rester inflexible devant les supplications de Véturie, sa mère.

Le Christ aurait-Il le cœur plus dur que le fier Romain ?

Non, non ! Marie n'est pas seulement notre Avocate auprès de Jésus ; Elle est la Mère de Jésus. A l'avance, mieux que les paroles de ses lèvres, les œuvres de sa vie, les cris de son cœur la rendent victorieuse.

Est-ce que Jésus-Christ peut oublier ce sein qui l'a porté ; ces mamelles qui l'ont allaité ; ces bras, ces genoux, qui l'ont bercé ; ces lèvres qui ont déposé sur son front tant de baisers d'amour ; ces yeux qui ont épié son premier réveil, rencontré son premier sourire ; ces nuits laborieuses qu'Il a coûtées ; ces larmes qu'Il a fait verser ; les angoisses, le martyre de cette âme qu'Il a tant chérie ?

Non, mes Frères; le Christ a bonne mémoire : « Parlez, ma Mère, dit-Il, réclamez avec confiance; je vous accorde tout ce que vous demandez; car il n'est point juste que je détourne de vous mon visage, en rejetant votre supplique. »

Marie triomphe de Dieu.

— *Dès lors que pourrait contre Elle l'Esprit des ténèbres : Satan?*

Marie est assez habile pour le convaincre de mensonge.

Voici le pécheur tremblant devant le « juste Juge ».

Satan réclame sa proie : « Ce pécheur m'appartient, crie-t-il, car le Seigneur a dit : « Le jour où tu mangeras le fruit dé« fendu, tu mourras!... *morieris tu, et non vives.* »

— C'est vrai, répond la Vierge; mais tu as ajouté : « *Ne« quaquam moriemini* : non, vous ne mourrez point. » Donc tu es un faussaire! »

— Satan reprend : « Le péché est un poids qui entraîne aux abîmes; ce pécheur m'appartient.

— Oui, réplique notre céleste Avocate; mais le sang de mon Fils et mes larmes soulèvent les âmes jusqu'au ciel.

— Soit, interrompt le démon; ce pécheur a fait fi de vos pleurs; il a abusé du sang du Christ. J'ai contre lui droit de prescription.

— C'est faux, dit la Vierge; même sous ton joug ce pauvre enfant n'a cessé de regretter sa faiblesse; il n'a pas laissé de m'appeler à son secours!...

— Voyez donc le plateau de la justice, continue l'Ange du Mal; il est vide : le pécheur n'y a déposé aucune œuvre, aucun mérite, aucune larme de repentir.

— Eh bien! j'y mets ma main! moi... »

Et Marie touche du doigt la balance : la miséricorde l'emporte!...

Satan s'enfuit, honteux, hurlant de rage. Jésus sourit : le pécheur est sauvé!...

Causa finita est : Maria locuta est.

Vous le voyez, mes Frères : notre céleste Avocate a toutes les aptitudes requises! Elle remporte sur Dieu et contre le démon, en faveur des pécheurs, d'infaillibles victoires. Ne craignez donc point de lui confier la cause de votre salut.

Récamier, le roi des médecins et le médecin des rois, nous enseigne, en son pittoresque langage, à tout obtenir de la très sainte Vierge Marie :

« Le chapelet, dit-il, est une sonnette ; chaque *Ave Maria* est une sommation, ou si vous l'aimez mieux, une pétition bien apostillée.

« Vous voyez arriver tous les jours à Paris un tas de gobe-mouches, qui y viennent pour intercéder auprès des autorités, pour implorer les puissants et les riches. Or, pour être admis aux Tuileries, il faut des protections, des demandes d'audience, des amis très haut placés ; pour pénétrer dans un ministère, il faut de nombreuses démarches, et la bienveillance, — difficile à obtenir, — des employés de l'entourage ; quelquefois même des concierges et de MM. les garçons de bureau.

« Voulez-vous parler à la sainte Vierge ? Rien de plus facile : on tire la sonnette, c'est-à-dire que l'on prend son chapelet. Vite la porte est ouverte. On présente sa pétition, et la céleste Avocate est si bonne, qu'à moins de raison particulière, la prière est aussitôt exaucée. »

Eia ergo!... En avant donc, ô chrétiens !

Eia ergo!... A nous donc, ô Marie !...

P. LÉON,

DES FRÈRES-MINEURS CAPUCINS DE PARIS.

Paris. — J. Mersch, imp., 4bis, Av. de Châtillon.

P. LÉON

DE L'ORDRE DES FRÈRES-MINEURS CAPUCINS

De l'Eau Des Larmes Du Sang

Imprimatur :

A. R. P. Timotheus a Podio Luperii

Min. Prov.

Parisiis, 1 Junii 1897.

MES FRÈRES,

Quels ont été, au cours de ce XIXe siècle, les rapports sacrés de la France, de Notre-Dame de la Salette et de sainte Philomène?

Je suis ici pour répondre à cette question.

Il y a six mois à peine, la France célébrait à Reims des fêtes inoubliables. Avec ses quinze siècles d'histoire nationale, elle redescendait triomphalement dans la vasque du baptême de Clovis.

N'est-ce point l'eau qui nous a purifiés?

N'est-ce point par l'eau que la grâce de Jésus-Christ a pénétré l'âme de notre chevaleresque nation?

Il était donc bon, opportun, souverainement salutaire de rajeunir l'âme française en la replongeant dans le bain sacré de ses origines. La piscine baptismale de Reims sera toujours le berceau glorieux de la Fille aînée de l'Église, royaume de Marie.

Mais les siècles ont succédé aux siècles. Oublieuse de ses serments, la France s'est éloignée de Notre-Seigneur Jésus-Christ; elle a prévariqué.

Famille, mariage, éducation, justice, armée : tout a été soustrait à l'influence chrétienne; officiellement, la France veut se passer de Dieu.

Elle est le seul peuple au monde en révolte permanente contre le Créateur; le seul peuple assez absurde ou cynique pour professer l'athéisme d'État.

Voilà le crime de notre pays : l'abandon, la négation de Dieu.

Vierge Marie, Reine de France : à notre secours!

Notre-Dame n'a point failli, Elle, à sa mission.

Elle est venue à la Salette nous dénoncer le grand péril des temps actuels. Messagère attristée des menaces et des châtiments du Ciel irrité contre nous, Elle nous a révélé dans ses larmes le secret du salut.

Coupable, la France doit pleurer...

Aux peuples-enfants le baptême d'eau suffit. Aux peuples centenaires il faut le baptême des larmes. Toujours la conversion précède chez les adultes la régénération.

Comme les âmes déchues, difficilement, hélas! les races vieillies rajeunissent. Il en coûte de remonter les pentes du sacrifice!

C'est au prix du sang que les âmes et les nations obtiennent leur pardon. C'est dans le sang que se renouvelle leur gloire et que se retrempe leur énergie : *Sine sanguinis effusione non fit remissio.*

De là, mes Frères, l'opportunité providentielle du culte de sainte Philomène.

Chaste et jeune apparition de l'amour et du martyre, du miracle et de l'espérance, la grande thaumaturge du XIXe siècle étend partout dans notre pays la traînée lumineuse de son nom, de son culte, de son influence. Inspiratrice des pèlerinages nationaux, Elle invite notre bien-aimée patrie à mêler le sang de sa pénitence aux pleurs de Notre-Dame de la Salette, pour redevenir fidèle à la foi du baptistère de Reims.

L'eau du baptême,
Les larmes du repentir,
Le sang du sacrifice :

Voilà, mes Frères, les éléments régénérateurs de notre unité nationale et chrétienne : *Tres sunt qui testimonium dant in terrâ : aqua, spiritus et sanguis ; et hi tres unum sunt!*

I

De l'Eau ou le Baptême.

Qui dira les *beautés,* les *fécondités,* les *bénédictions,* les *gloires* naturelles et divines de l'eau?

« Loué soit Dieu, chantait François d'Assise, pour notre sœur l'eau : l'eau chaste, humble, utile, précieuse! »

Oui, vive « notre sœur l'eau »! Véhicule et miroir diaphane de la lumière, elle renferme dans son sein les germes de la vie universelle. Matrice immense, elle enveloppait originairement notre globe; elle couvait, sous l'action du soleil et des fluides, les premiers vivants dont devait s'enrichir la nature.

Distinguée par le Verbe ordonnateur de Dieu des éléments qu'elle noyait, soumise pour toujours à des lois immuables, l'eau tombe des cieux; elle coule des rochers, elle s'échappe à travers les plaines, elle roule vers l'océan : de tous les points de la terre, elle s'y rassemble.

Là, dans une pondération qui suit les astres, elle s'abaisse et s'élève; elle s'avance et se retire; elle s'évapore, elle assainit l'atmosphère; elle transporte les vaisseaux; elle abreuve tout ce qui vit ici-bas; elle est la réserve alimentaire de toutes les créatures.

Si le feu est, en enfer, l'ouvrier des vengeances de Dieu, l'eau semble, ici-bas, plus spécialement consacrée au ministère de ses miséricordes.

Vive donc notre sœur l'eau! elle resplendit sous les baisers de l'aurore; elle frémit d'aise sous l'ombrage des grands bois; elle dort, soupirante, harmonieuse, sous les calmes clartés des belles nuits; elle égaie la nature, et ce sont les perles des ruisseaux et des sources qui coulent mélodieusement du gosier des rossignols.

Fraîcheur, harmonie, richesse de l'univers, l'eau mérite de porter l'Esprit de Dieu ! *Spiritus Dei ferebatur super aquas.*

Sœur de l'huile, du feu, du souffle, l'eau devient le principe mystérieux de la vie surnaturelle. Elle est l'eau du salut.

Écoutez le prophète Ézéchiel : « Je répandrai sur vous l'eau pure, et vous serez lavés de vos taches (1). »

« Voilà, dit Isaïe, que mon Dieu est mon Sauveur. » (Vous entendez, mes Frères : non plus le Dieu des puissances, le Dieu des colères du Sinaï ; mais le Dieu d'amour, le Dieu des condescendances et des miséricordes !)

« A moi donc espoir sans peur ! car le Seigneur est ma force et ma gloire... Vous puiserez avec joie l'eau des fontaines du Sauveur (2). »

— Sous la lumière des prédilections divines, l'eau rayonne dans l'histoire.

Elle est mêlée à tous les grands événements du monde. Les dix premiers versets de la Bible introduisent magnifiquement l'eau dans les œuvres de Dieu.

La délivrance d'Israël se rattache indissolublement aux prodiges de la mer Rouge et de la roche d'Horeb : Ici l'eau jaillit miraculeuse ; là, par miracle, elle s'arrête en forme de mur, à droite et à gauche du peuple migrateur : *Erat enim aqua quasi murus a dextra eorum et læva* (3).

Plus tard, le Christ descend dans le Jourdain. La voix du Père s'y fait entendre ; l'Esprit-Saint s'arrête en un vol de colombe, au-dessus du courant d'eau vive.

Au contact de la chair du Rédempteur, le fleuve privilégié tressaille : « O torrent ! pourquoi as-tu des bonds de bélier ? » Ses flots emportent, harmonieux et rapides, la grâce d'une bénédiction baptismale qui va vivifier toutes les âmes.

Voilà le baptême : « Si quelqu'un ne renaît de l'eau et du Saint-Esprit, il ne peut entrer dans le royaume des cieux. »

L'eau, désormais, devient la matière du premier des sacrements.

« Le baptême, dit le catéchisme de Trente, est le sacrement

1. Ézéch., XXXVI, 25.
2. Is., XII, 2-3.
3. Exod., XIV, 22.

de notre régénération par l'eau, dans la parole : *Sacramentum regenerationis per aquam in verbo.* »

Adorables affinités de la nature et de la grâce!

L'eau *purifie :* l'âme trouve dans le baptême netteté, blancheur, lumière : *Ablutiva peccatorum.*

— *L'eau éteint, submerge, engloutit :* dans la piscine régénératrice, l'homme de péché est noyé, comme anéanti : *Mitigativa concupiscentiæ fomitis.*

— *L'eau se précipite, impétueuse, irrésistible :* l'inondation de la première grâce en nous renverse tous les barrages de la vieille nature adamique. Les sept dons du Saint-Esprit y forment un merveilleux arc-en-ciel : *Luminis susceptiva.*

Sur les flots, Dieu passe en vainqueur; avec Lui, l'eau nous emporte jusqu'à la vie éternelle!

O monde! frivolités des rivages ruineux; idoles de Babylone, d'Athènes ou de Rome : monstrueuses voluptés, philosophie mensongère, folle gloire, laissez-nous passer, laissez-nous courir : l'amour de Jésus-Christ nous pousse et nous entraîne; chrétiens, nous sommes pressés : *Charitas Christi urget nos!*

De l'eau donc pour sauver les âmes;

De l'eau pour féconder l'Église;

De l'eau, de l'eau, pour enrichir le paradis.

L'eau est la frappe divine des enfants du Christ. Tous les actes des baptisés, dans l'ordre du salut, se ressentent de la présence de l'élément nouveau.

L'eau divine baptise les âmes; elle baptise aussi les nations. Écoutez Notre-Seigneur Jésus-Christ : « Allez, baptisez les nations : au nom du Père, du Fils et du Saint-Esprit. »

Les peuples conservent dans leur histoire l'estampille de leur baptême.

Or la France est la première nation baptisée; de là sa lumière et sa flamme devant le monde : *Ros lucis, ros tuus, Domine!* (1)

Lorsqu'au matin du jour de Noël 496, Clovis sortit de la cuve baptismale de Reims avec ses trois mille guerriers; lorsque Rémi promit prophétiquement à la race du premier roi

1. Is., XXVI, 9.

chrétien les siècles d'un glorieux avenir, l'âme de la France était là, jeune et enthousiaste, ardente et pure, généreuse et forte! L'âme de la France battait des ailes au-dessus de ce peuple soldat, qui ne redoutait rien, sinon « la chute des cieux sur sa tête, sinon l'envahissement de ses côtes par l'Océan ».

Oui, l'âme de la France ruisselle de l'eau régénératrice et du chrême miraculeux.

Qu'est-ce que l'âme de la France?

— L'âme de la France, c'est la *foi catholique,* apportée chez nous dès le premier siècle par les amis de Jésus; ferment divin qui a modifié et transformé, en l'envahissant, l'organisme social de notre nation, sous tous les régimes: Royauté, Empire, République; principe d'action vigoureux d'où résulte dans nos relations supérieures avec Dieu, dans notre gouvernement intérieur entre concitoyens, dans nos expansions ultramontaines avec nos alliés, comme avec nos ennemis, une physionomie spéciale, une allure à part, une destinée absolument tranchée.

C'est par son âme, baptisée la première dans l'ordre des nations chrétiennes, que la France est « le peuple du Christ, le peuple substantiel élu à l'heure même où le Seigneur élevait la tête dans la liberté du bois de la Croix (1); la nation construite de la main de Dieu, rivée au Verbe et à son Vicaire, ornée de la primogéniture divine, tout imprégnée des sucs catholiques, baignée à fond d'une immortelle vertu (2) ».

— L'âme de la France, c'est l'*honneur:* cette seconde religion nationale; cette horreur instinctive des taches, des lâchetés, des mensonges, car « noble cœur ne peut mentir »; l'honneur, souffle magnanime qui passe à travers les pages de notre histoire.

Que de vibrantes paroles sur les lèvres de nos preux bardés de fer; que de superbes devises sur leurs blasons: *Potius mori quam fœdari.* — « Plutôt la mort que la souillure. » — « Fais ce que dois, advienne que pourra! » — « Tout est perdu, fors l'honneur! » — « Soldats, s'écrie Henri IV, suivez mon panache; vous le trouverez toujours au chemin de l'honneur. »

La haute et fière réponse du duc d'Aumale au maréchal, qui se défendait en disant qu'après Sedan il ne restait rien, est

1. « Exaltavit caput in libertate crucis Christi. » Arnob.
2. Mgr Berteaud, Œuvres pastorales et discours: *passim.*

dans toutes les mémoires : « Monsieur, il restait la France. »

Oui, la France! aujourd'hui frelatée par les rastaquouères de la philosophie; envahie, sucée par la juiverie cosmopolite, cette pieuvre de l'or! dissuadée de son rôle séculaire de protectrice des chrétientés orientales par « les chaotiques, les charlatans, les profanateurs (1) », qui ont juré de faire de notre patrie une nation sans logique, sans tenue, sans nerf. Oui, « restait la France », mais la France malgré tout, vivace, robuste en son invieillissable honneur, la France du réveil indigné : tel le lion fatigué éclate en un rugissement vengeur; la France terrible aux impies qui auront voulu l'enchaîner, loin du Christ, dans une honteuse apostasie : « *Malheur à qui remue le fond d'une nation* », écrit de Maistre.

Semer le vent, c'est récolter la tempête! — Prodiguer la honte, c'est s'exposer aux représailles du mépris. — Il n'est pas bon, sachez-le, de pousser à bout la patience de celle que le Pape nomme encore : « la très noble nation des Francs (2) ».

— L'âme de la France, c'est le *courage* : Passer pour lâches, voilà ce que redoutaient par-dessus tout nos vieux chevaliers : « Mieux vaut la mort », disaient-ils; ou encore : « Maudit soit le premier qui fut archer! ce n'était pas un brave, il n'osait approcher. » — « Si nous étions en paradis, il nous plairait d'en descendre pour chevaucher et guerroyer contre les Sarrazins. »

Écoutez notre Jeanne d'Arc : « En avant! tout est vôtre dès que notre étendard touchera le mur, en avant!... tout est à vous. Les Anglais fussent-ils pendus aux nues, nous les aurons. »

« A moi, Auvergne, s'écrie d'Assas, ce sont les ennemis. »

« Si j'avance, dit La Rochefoucaud à ses troupes, suivez-moi! Si je recule, tuez-moi! Si je meurs, vengez-moi!... »

Dans l'attaque, dans la résistance, dans la victoire, dans la défaite, le courage de la France ne fléchit point. Partout l'âme de la France rayonne : tel l'éclair d'une épée. Qui ne connaît la *furia francese?* Au pays des croisades et de la chevalerie, saint Louis et du Guesclin, Bayard et Condé, Bonaparte et Lamoricière ont, dans la diversité des temps et des physiono-

1. Mgr Berteaud, Œuvres pastorales et discours : *passim.*
2. Léon XIII, *Nobilissima Gallorum gens.*

*

mies, un air de famille qui ne trompe pas : la vertu guerrière.

Prenez le soldat français : quelles vives saillies, quelle gaieté railleuse au bivouac ! dans l'assaut quelle impétuosité, quel entrain sous le feu ; quelle insouciance du nombre des ennemis ; après la victoire quelle générosité !

« Oh ! les braves gens ! » s'écriait le vieux Guillaume, devant la charge immortelle de nos cuirassiers.

Chez nous, ces « braves gens » n'ont jamais manqué : Vouillé, Pavie, Jemmapes, les Pyramides, Constantine, Sébastopol, Gravelotte, Loigny, tous les champs de bataille du monde ont vu debout cette race des hommes de fer : l'âme française bat toujours dans les plis de notre drapeau !

— L'âme de la France, c'est la *liberté*.

La liberté fit toujours frémir dans le fourreau notre chevaleresque épée. La liberté germa sur notre sol avec une vitalité de sève qui circule encore partout où nous avons parlé notre langue, planté notre oriflamme, envoyé nos missionnaires et nos troupiers.

La liberté étincelle en lettres d'or au frontispice de marbre de nos monuments ; la liberté court en frissons magnétiques dans nos veines ; la liberté monte à nos lèvres, brûlante comme du feu, douce comme du miel ; la liberté nous passionne, nous lance par des routes rapides, sur lesquelles nous ne savons pas toujours nous arrêter ; la liberté se remue au fond des grands problèmes contemporains ; la liberté nous enchante, nous enlève aux cimes vertigineuses, éclatantes de soleil et de neige, retentissantes des bonds des torrents et des chamois, du vol des aigles et des fortes brises.

Prêtez l'oreille : au-dessus des mille rumeurs de la douleur et de la passion, de la joie et du désespoir, vous entendez clamer tous les échos des âmes et de la patrie de ce cri qui fait pleurer, qui grise : « Vive la liberté ! »

Pourquoi donc, chez nous, la liberté est-elle aux fers ? Pourquoi la liberté devient-elle ou licence, ou tyrannie ?

L'Église et la Révolution revendiquent notre liberté, notre âme nationale. Avec l'Église, la liberté s'agenouille à la vasque de Reims ; et c'est à genoux devant Dieu qu'elle est grande : croix et glaive en main, Fille du Christ, gonfalonnière des peuples chrétiens. Avec la Révolution, la liberté se traîne aux marches de l'échafaud, chargée de chaînes, bouclée sur la planche fatale, décapitée...

— L'âme de la France, c'est la *charité*.

Où trouver des cœurs plus dévoués, des aumônes plus larges, de plus exquises délicatesses dans l'offrande de l'or, dans le sacrifice de soi-même?

Sur quelle nation s'appuie surtout la pauvreté native de l'Église? — Sur la France.

Où le Souverain Pontife puise-t-il à pleines mains, avec une confiance toujours égale, les ressources immenses dont il a besoin pour alimenter un champ d'action qui n'a d'autres frontières que celles de l'univers? — En France.

D'où partent les missionnaires les plus zélés, les plus joyeux, hors concours pour l'entrain, l'endurance, l'opiniâtreté dans l'évangélisation des contrées sauvages? — De France!

Est-ce que les grandes œuvres catholiques du XIXe siècle : la Propagation de la Foi, le Denier de Saint-Pierre, les Petites-Sœurs des Pauvres, ne sont pas des œuvres françaises?

La Prusse nous a vaincus sous le poids de ses armes, aux champs de bataille d'il y a vingt-cinq ans. Nous-a-t-elle remplacés dans les luttes de la miséricorde aux prises avec la misère? de la charité en face du malheur? Voit-on son or courir le monde au service de l'Évangile? Est-ce d'Allemagne que se sont envolées les cornettes blanches de nos Filles de la Charité? A-t-elle rougi, comme la France, du sang de ses missionnaires, toutes les plages du globe, cette Prusse orgueilleuse, à peine sortie des langes et du berceau?

« L'avenir est à la charité (1) », et ce peuple a le cœur froid. Non, ce n'est pas vers lui que gravitera l'humanité; non, ce n'est pas lui qui nous ravira jamais l'honneur et la joie de dire à notre patrie :

Tu resteras la France et la tête du monde,
Le vrai peuple choisi pour montrer le chemin,
Le peuple fraternel en qui l'amour abonde,
Ouvrant à tous son cœur et sa loyale main.

1. Mgr Thomas, *Léon XIII et la France*, lettre pastorale.

— L'âme de la France, c'est l'*apostolat*.

Avant tout, la France est apôtre.

« La Providence, écrit de Maistre, a donné à la nation française deux instruments, et, pour ainsi dire, *deux bras,* avec lesquels elle remue le monde : sa langue et l'esprit de prosélytisme qui forme l'essence de son caractère, en sorte qu'elle a constamment le besoin et le pouvoir d'influencer les hommes... Depuis la marchande de modes jusqu'au philosophe, c'est la partie saillante du caractère national (1). »

Oui, l'âme de la France, c'est l'apostolat : il y a dans le cœur de la France des tendresses de femme, des crâneries de soldat, des envolées brûlantes d'apôtre, des audaces et des fiertés de martyr. Le souffle qui a passé sur les eaux de notre baptême national : *Spiritus Dei ferebatur super aquas,* a, dans notre main, allumé une torche qui ne s'éteint plus ! Un esprit de vie et de feu s'agite dans les roues de notre char : *Spiritus ignis in rotà.* L'eau du baptême, en spiritualisant l'ardeur naturelle de notre patrie, nous a mis dans l'âme un zèle incoercible : « la vapeur de la foi : *zelus id est vapor fidei* (2). »

De l'âme de la France, comme d'une chaudière mystérieuse, le zèle s'échappe à jets continus, et dans tous les coins du monde résonne la clameur triomphale de notre *Credo !...*

Après avoir écouté longuement Jésus au puits de lumière et d'eau vive, la Samaritaine se leva. Courageuse, persuasive, elle prêcha le Messie dans toute la région voisine.

Samaritaine des nations, admise avant toute autre à la piscine du baptême, c'est de là que la France est partie pour évangéliser. Elle aussi, elle avait écouté les voix de Dieu : Frémissante avec Clovis, elle écoutait la voix de ses Évêques ; majestueuse avec Charlemagne, elle écoutait la voix du Pape ; attendrie avec saint Louis, elle écoutait du côté de Jérusalem ; inspirée avec Jeanne d'Arc, elle écoutait du côté du ciel, puis de l'Angleterre ; pieuse avec Louis XIII, elle écoutait du côté du trône de Marie. Et puis... « va, va, fille de Dieu ! » elle prenait sa course avec sa langue, claire comme le soleil et comme lui féconde, avec son épée généreuse et secourable à toute faiblesse, hostile à toute oppression, à toute félonie.

1. De Maistre, *Considérations sur la France,* ch. II.
2. Saint Ambroise.

C'était la France !

Et quand son épée ne suffisait pas, quand sa parole n'obtenait rien, la France y mettait son cœur ; elle emportait tout.

O Français, restons donc nous-mêmes. Pourquoi copier servilement les autres peuples, nous, la nation originale. Avons-nous donc été si heureux, au siècle dernier, d'être allés emprunter notre politique à l'Angleterre ? Le serons-nous davantage aujourd'hui en nous mettant à la remorque de l'Allemagne pour les sciences philosophiques ?

Restons nous-mêmes : avec notre puissance d'assimilation, avec notre langue, ni cotonneuse, ni nébuleuse, mais sonnante, limpide, fine, expressive ; avec notre cœur, rayonnant comme la beauté, expansif comme l'amour ; restons la France, c'est-à-dire la nation capable de tous les sauvetages, de tous les pardons, de tous les héroïsmes, de toutes les audaces ; la nation : apôtre, soldat, fille de la charité ; la nation, dont l'âme a reçu, il y a quinze siècles, un triple baptême de combativité, de prosélytisme, de miséricorde.

Restons la France de l'eau, la France de Reims.

Hélas ! que ne puis-je demeurer devant la vision de ses gloires baptismales ? Pourquoi faut-il que notre soleil pâlisse ? D'où vient, depuis cent ans surtout, ce ciel orageux ?

Qu'apportez-vous donc à la terre de France, ô nuées sombres ? Que contenez-vous dans vos flancs : l'aurore ou la foudre, la tempête ou le renouveau ?

Silence, mes Frères ; le ciel lui-même va répondre : *Magnum signum apparuit in cælo.*

La Reine du ciel va nous révéler le pourquoi de nos malheurs. Ce que la France a perdu en s'éloignant de l'*eau,* la Salette veut nous le rendre en nous appelant aux *larmes :* oublieuse de son baptême, c'est au rocher des pleurs que la France est convoquée.

II

Des Larmes ou le Repentir.

Avez-vous jamais réfléchi à l'inauguration des larmes dans la Bible ?

Adam et Ève sont expulsés du Paradis terrestre : l'écrivain sacré ne nous dit rien de leurs pleurs ; Caïn assassine Abel ; le déluge engloutit les vivants : je ne vois pas qu'il soit fait mention des larmes dans ces deux scènes du drame de la Genèse.

Voulez-vous voir jaillir les larmes ? Écoutez, hommes du XIXe siècle ; et, sous le récit biblique, reconnaissez la mystérieuse, la touchante réalité de notre temps :

Agar errait à travers le désert, avec Ismaël ; la provision de pain et d'eau était épuisée. « Je ne verrai pas mourir mon enfant », s'écria-t-elle ; et, s'étant assise à quelques pas, dans la solitude, elle se mit à pleurer. *Non videbo morientem puerum meum et sedens contrà, levavit vocem suam et flevit.* Quelle douleur dans ce mot ! C'est la douleur d'une mère qui introduit pour la première fois les larmes dans le récit sacré : les larmes brillent aux yeux de la femme ; la source jaillit du milieu du sable brûlant.

Les larmes aveuglent ou elles éclairent. Elles tuent ou elles rendent la vie.

O désert des larmes d'Agar, magnifiquement enveloppé, dans le lointain de l'histoire, des miséricordes du Seigneur ; ô désert de tristesse ! ô désert du salut ! vous vous êtes rapproché de nous ; vous êtes sous nos yeux : Ismaël, c'est la France, et la France va mourir. Le pain et l'eau sont épuisés...

Notre-Dame s'est assise sur les roches désolées de la Salette, la tête dans ses mains, les coudes sur ses genoux ; elle s'est assise en pleurant.

Elle a, comme Agar, la servante de Dieu, élevé sa voix : « *Non videbo morientem puerum* : non, je ne veux pas voir mourir mon enfant. »

Approchons-nous de la Reine du ciel ; écoutons ses plaintes et ses avertissements. L'ange des espérances n'est pas loin, puisque la sainte Vierge verse des larmes.

— Le 19 septembre 1846, un samedi, le dernier jour des Quatre-Temps, veille de la fête de Notre-Dame des Sept-Douleurs, à l'heure même où l'Église pleurait dans son office, avec la Mère du divin Crucifié, deux petits bergers faisaient paître leurs troupeaux sur un des points les plus élevés des Alpes.

Mélanie et Maximin furent les témoins d'une apparition, dont le récit fit plus tard pâlir et pleurer Pie IX ; provoqua en France et dans le monde entier une indicible émotion : clarté faite de tristesse et d'espérance, pâle comme un rayon de crépuscule, comme un dernier sourire du soleil traversant les nuages assombris, signe précurseur de la plus redoutable des tempêtes : celle de la colère de Dieu.

Que les bergers de la Salette aient plus ou moins subi la critique, peu nous importe : « La mission de l'enfant est finie, celle de l'Église a commencé, s'écriait Mgr Ginoulhiac en 1875 ; qu'ils aillent où ils voudront, qu'ils se dispersent dans le monde, qu'ils deviennent de mauvais chrétiens, qu'ils méconnaissent ce qu'ils ont annoncé à tous les peuples, qu'ils foulent aux pieds toutes les grâces qu'ils ont reçues et qu'ils recevront encore, tout cela ne pourra réagir sur le miracle de l'apparition, qui est certain, prouvé canoniquement, et qui ne sera jamais sérieusement ébranlé. »

Donc, les deux enfants virent la Vierge dans une clarté ; assise d'abord, la tête dans ses mains. Ils eurent peur. « Et la

Dame s'est levée; elle a croisé ses bras (1) et nous a dit : « Avancez, mes enfants, n'ayez pas peur, je suis ici pour vous « conter une grande nouvelle... »

« Elle était entre nous deux, et nous a dit, en pleurant tout le temps qu'elle nous a parlé (j'ai bien vu couler ses larmes) : « Si mon peuple ne veut pas se soumettre, je suis forcée « de laisser aller le bras de mon Fils. Il est si lourd et si pesant « que je ne puis plus le retenir. Depuis le temps que je souffre « pour vous autres, si je veux que mon Fils ne vous abandonne « pas, je suis chargée de le prier sans cesse; et vous autres, « vous n'en faites pas de cas. »

La sainte Vierge reproche ensuite à la France ses deux péchés capitaux, les deux crimes sociaux qui attirent sur nous la colère divine : la violation du dimanche et le blasphème.

Elle annonce des châtiments et des fléaux; Elle confie à chacun des enfants un secret qui pèse sur la France et sur l'Europe d'un poids mystérieux; Elle les exhorte à prier; et Elle termine son discours par ces paroles, qu'elle répète par deux fois, en jetant ses regards sur le ciel, puis sur la terre : « Eh bien! mes enfants, vous le ferez passer à tout mon peuple. »

Le message a retenti sur la terre de France : l'auguste Mère de Dieu rentre au Paradis.

O scène grandiose de la miséricorde et de la justice! A la Salette, Sinaï désolé de Marie, grondent sourdement les justices irritées du Seigneur! Les larmes ne cessent pas de ruisseler sur la face de notre Reine.

Pourquoi Notre-Dame de la Salette pleure-t-elle?

Parce que la France ne pleure pas. Les larmes sont les témoignages de l'amour, de la piété, du désir, des saintes joies du cœur, du repentir.

On pleure au service de Dieu; on pleure en l'espérance du ciel; on pleure dans les combats du zèle apostolique; on pleure aux heures de la contemplation. Les larmes jaillissent du cœur pur et attendri, ou du cœur malheureux et repentant. Les plus beaux yeux sont les yeux pleins de larmes.

1. Récit de Mélanie et de Maximin. — Lire le bel ouvrage de M. l'abbé Bertrand sur Notre-Dame de la Salette.

O larmes, ô larmes ! source féconde de la prière et du pardon ; fontaine d'amour, de lumière, de bonheur ; eau vive, qui jaillissez en jet de foi, qui retombez en gouttes d'espérance, qui murmurez, harmonieuses, dans les plus sacrés replis du cœur, et qui montez en perles tremblantes aux paupières rougies...

O larmes, qui faites si belle et si puissante la face du pécheur que Dieu désarme, par vous charmé, par vous conquis ; ô larmes, qu'êtes-vous donc devenues? pourquoi vous êtes-vous séchées dans le cœur, dans les yeux de la France?

POURQUOI LA FRANCE NE PLEURE-T-ELLE PAS?

Elle pleurait jadis, sur la parole de Rémi, au récit de la Passion du Christ. Elle pleurait au temps des cathédrales, des croisades, de la chevalerie, des monastères, des corporations!...

Elle pleurait d'aise et de pitié : elle était noble ; elle était grande ; elle était passionnée pour le Christ, pour la Vierge et l'Église.

O richesse, ô majesté des larmes ! l'eau du baptême de Reims tempérait alors dans ses yeux l'éclair de la gloire.

La France chevaleresque et chrétienne, fille aînée de l'Église, pleurait.

La France coupable et révoltée, fille aînée de la Révolution, ricane.

Elle se fait violence pour garder aux lèvres un rictus d'incrédulité : elle a fermé son cœur, elle a durci son front contre Dieu : la France ne sait plus pleurer.

Que d'iniquités cependant dignes d'éternelles larmes !

Dieu, la souveraine autorité qui courbe d'un regard à ses pieds les séraphins, les soleils, les siècles, a sur la terre de France aujourd'hui une fortune de persécution à nulle autre pareille.

— *Où est-il, dans la nation française, le respect officiel des droits imprescriptibles de Dieu?*

Le caractère de notre siècle, c'est une honteuse, une criminelle, une générale apostasie des gouvernements. « Retirez-vous de nous, dit l'impiété contemporaine au Seigneur du monde, nous ne voulons pas connaître vos voies. Qui est le Tout-Puissant qui prétend obtenir nos hommages, et de quoi nous servirait de lui adresser nos prières? *Recede a nobis! Quis est omnipotens ut serviamus ei et quid proderit nobis si invocaverimus illum?* »

Brisons les liens qu'Il veut imposer à notre liberté, rejetons son joug.

Aussi suppression de tous les honneurs rendus à Dieu par la France en tant que nation.

Autrefois, lorsque le Saint Sacrement porté par le prêtre aux malades rencontrait la troupe, celle-ci lui présentait les armes. Deux soldats, se détachant aussitôt, escortaient Notre-Seigneur Jésus-Christ jusqu'au domicile de l'infirme : Usage simple et grandiose. Le soldat de la France s'unissait au soldat de l'Église ; ensemble ils glorifiaient leur Dieu.

Le Saint Sacrement passait-il, aux jours des processions, par les rues en fête de la cité, l'état-major, général en tête, suivait le dais ; les bataillons sous les armes formaient la haie.

Où sont aujourd'hui ces démonstrations de respect?

La Vierge a raison de pleurer à la Salette : Dieu ne reçoit plus les honneurs de notre armée. Le soldat salue la poitrine décorée de la Légion d'honneur ; il a la défense de saluer Jésus-Christ.

L'uniforme et l'épée ne doivent pas franchir le seuil des églises. Le drapeau de la patrie ne s'incline plus sous la bénédiction du prêtre. Le nom de Dieu ne peut pas paraître en tête de nos lois, ni dans les actes officiels.

Guillaume d'Allemagne, protestant, ne craignait pas, lui, d'en éclairer ses bulletins de victoires.

Mais la France a chassé Dieu de partout : du foyer, de l'école, de l'hôpital, du prétoire, du parlement.

— *Où est-il, dans la nation française, le respect officiel du nom sacro-saint de Dieu?*

Saint Louis faisait autrefois percer au fer rouge la langue des blasphémateurs. Aujourd'hui nos députés et nos ministres donnent, à la tribune même du Parlement, le scandale cynique du blasphème ; à la face d'un pays où la religion catholique est encore proclamée « la religion de la majorité des citoyens », ils font publiquement profession d'athéisme.

« Les conducteurs de charrettes, disait la sainte Vierge en pleurs, ne savent pas jurer sans mettre le nom de mon Fils au milieu. »

Aujourd'hui, les chefs de notre gouvernement franc-maçon ne prononcent pas un discours sans y décocher leurs traits de haine contre Jésus-Christ ou contre son Église.

La loi qui châtiait les blasphémateurs, aujourd'hui les amnistie; que dis-je? les protège, leur assure une prompte et universelle publicité.

— *Où est-elle, dans la nation française, la prière officielle à Dieu?*

L'Amérique prie Dieu; l'Angleterre prie Dieu; l'Allemagne prie Dieu; la Russie prie Dieu; la Turquie prie Dieu.

Sous le régime républicain, comme sous le régime monarchique, ces nations reconnaissent publiquement, officiellement la providence de Dieu. La France, seule, se met en quarantaine des peuples civilisés. Seule, la France professe la négation de Dieu et semble fière de cette révolte permanente contre Lui.

— *Où est-il, dans la nation française, le respect officiel du dimanche, jour de Dieu?*

Est-ce que nos postes et télégraphes, nos chemins de fer ne continuent pas leur service le dimanche, comme les autres jours? Chez nos voisins protestants d'outre-Manche, toute vie publique s'arrête ce jour-là.

En France, les magasins sont ouverts, les usines fument, les grues et les machines grincent, les marteaux frappent, les trains de plaisir sifflent, les voitures roulent. Le travail et le plaisir s'unissent pour faire du jour du repos un jour de fièvre; du jour de la prière, un jour de blasphème. En France, le dimanche est devenu l'égout de toute la semaine : au dimanche, les marchés; au dimanche, les orgies; au dimanche, les voluptés infâmes; au dimanche, le mépris de l'âme et du corps, de la famille et de la société; au dimanche, tous les crimes contre Dieu!

O France de Clovis et de Jeanne d'Arc, de saint Louis et de la Papauté! regarde au visage les nations civilisées, toi, leur aînée dans la foi; contemple leur attitude à l'égard de Dieu; compare ta révolte à leur soumission, ton ingratitude à leur respect, et, si tu l'oses, proclame-toi la fille aînée de l'Église, le royaume de Marie, la lieutenante du Seigneur Jésus-Christ!

Hélas! mon peuple; nous sommes devenus la honte de l'Europe chrétienne ; un objet de scandale et de moquerie pour les fils du Coran et les nègres du Sahara !

Descendrions-nous donc, dans l'échelle morale, au-dessous des Peaux-Rouges ? Eux, du moins, se prosternent devant le Grand-Esprit !... Nous n'adorons plus rien !

Sans foi, sans autels, sans culte officiel, serions-nous condamnés à devenir des sauvages, les pires de tous, des sauvages civilisés ! avec le pagne en plus et la vertu en moins.

Prenons garde : l'incrédulité gouvernementale, l'athéisme légal sont toujours pour un peuple un signe avant-coureur de chute et de ruine.

« En France, écrit l'amiral Gicquel des Touches, on démolit tous les jours de plus en plus. Rien ne reste plus debout : ni le respect dû à l'enfance, ni la piété pour les mourants, ni la volonté de ceux qui sont morts. Le malheureux peuple regarde tomber d'un air hébété cet édifice construit par quatorze siècles, sans comprendre les fers que l'on rive sur ses bras, et qui le livrent, lui, ses enfants, sa fortune, ses croyances, à la tyrannie, la plus odieuse qui ait jamais existé, même chez les païens. Quand il se réveillera, il sera trop tard et, si Dieu ne lui vient en aide, on pourra dire qu'il a vécu. »

Est-ce donc en vain, mes Frères, que la Vierge a pleuré les rébellions de « *son peuple* » ?

N'entendrons-nous pas enfin la voix terrible des événements qui, depuis l'apparition de la Salette, ont rendu contre nous un si auguste témoignage ? N'avons-nous pas senti peser sur la France, de plus en plus lourd, le bras de la justice divine ?

Épidémies et fléaux ; crises aiguës de l'agriculture et de l'industrie ; guerre aux désastres inouïs ; catastrophes des trônes ; haines des classes ; bouleversement des vieilles sociétés : autant de coups terribles de l'ange exterminateur !

Oui ; la Vierge a pleuré sur nos crimes ; Elle a pleuré sur nos malheurs ; Elle a pleuré pour notre conversion.

Des larmes donc, ô France, des larmes ! Elles sont le second baptême des nations prévaricatrices.

Des larmes ! Elles constituent la réserve puissante des « cœurs brisés », à qui Dieu ne résiste pas.

Des larmes ! Elles révèlent, mieux que l'éloquence aux ailes de flamme, la volte-face énergique des âmes, qui s'arrachent au mal et se consacrent au bien; la conversion des peuples, qui remontent des abîmes ténébreux de la mort vers les sommets irradiés de la vie!

O France de Reims et de la Salette, reviens à Jésus-Christ! Enfant-prodigue des peuples, hâte-toi de rentrer dans le concert harmonieux de la chrétienté! Brise tes chaînes, déchire tes haillons; lave ton visage dans les larmes de tes yeux, cette eau baptismale des cœurs contrits; reviens à ton Dieu : à ce Dieu qui t'appelle par la voix de sa Mère.

Entends-tu la Vierge de la Salette t'adresser, tout éplorée, le message de ses adieux : « *Eh bien, mes enfants, vous le ferez passer à tout mon peuple.* »

O France! tu es donc toujours *son peuple;* bercée entre ses bras, glorifié par Elle au long des siècles, tu es encore aujourd'hui, malgré tes fautes, à cause de tes misères mêmes, la nation chère à son cœur!

Pourrais-tu périr, ô France, inondée des larmes de la Vierge? Repens-toi, tombe à genoux, pleure : Marie te le demande; pleure : tu seras sauvée!

III

Du Sang ou le Sacrifice.

Point de salut sans effusion de sang : *Sine sanguinis effusione non fit remissio...*

Veut-il revenir au baptême de ses gloires religieuses et patriotiques, un peuple coupable doit nécessairement passer par le repentir : le repentir toujours suppose le sacrifice. D'où cette trilogie féconde : de l'*eau*, des *larmes*, du *sang*.

Mais le chemin de la pénitence est rude aux pieds d'une nation vieille de quinze siècles. Désenchantée de tant de systèmes, usés presque aussitôt qu'inventés, la France voudrait se reprendre à la prière, à l'honneur, à la foi ; à tout ce dur labeur que lui demande Notre-Dame réconciliatrice de la Salette, à savoir : la conversion.

La France voudrait rajeunir : qui la rajeunira ?...

La sainte Vierge nous ramènera vers Jésus-Christ.

A toi, fille de la lumière et de l'amour, charmante messagère de la paix ; à toi, sainte Philomène, de conduire à Marie la nation française ! O vierge, ô martyre, ô thaumaturge de ce siècle finissant ; à toi de nous rendre l'idéal, en jetant sur nos tristesses et sur nos désespoirs le sourire de l'espérance, le rayon joyeux du printemps : *Pax tecum, Philumena.*

Rajeunir, c'est revenir au principe. « Revenez à la carrière d'où vous avez été tirés, s'écrie le Prophète ; à la montagne sur laquelle vous avez été fabriqués. »

Le Calvaire et les catacombes : telles sont nos origines chrétiennes ; là fut le berceau sanglant de l'Église.

Or, dans les souterrains obscurs de Sainte-Priscille, Philomène a dormi, sur sa couche humide, un sommeil dix-sept fois séculaire. Philomène n'a d'autre histoire que le fait de son martyre, et dix-sept cents ans après, celui de la conquête rapide du monde, par le prestige miraculeux de son nom.

De l'humble village de Mugnano, premier stage de son apostolat posthume, la jeune vierge envahit l'Italie, la France, le monde entier. Elle devint « la petite Sainte » du vénérable curé d'Ars, sa collaboratrice dans ses merveilles de grâce. Le prêtre et la vierge ! deux cœurs unis dans le plus pur amour de Dieu ; le vieillard aux cheveux d'une blancheur faite de neige et de bonté ; la candide enfant, au céleste sourire, couronnée des roses du paradis !

Les missionnaires ont porté son nom au fond de l'Orient et jusqu'en Océanie ; les Frères de Saint-Jean de Dieu, nouveaux trouvères, l'ont chantée le soir dans les chaumières de Bretagne ; la piété populaire partout l'acclame, partout la prie, partout la chante. Ici même (1), le miracle fleurit sur ses reliques ; les âmes accourent à son sanctuaire : « colombes empressées de gagner leur gîte ». Et du tombeau glorieux de l'immortelle enfant (2) rayonnent sur tout Paris les œuvres d'un zèle déjà décoré du sang d'un martyr (3), les œuvres d'une charité populaire comme le culte de la « petite Sainte bien-aimée ». *Pax tecum, Philumena !*

Encore tout épouvantés des coups de la justice divine, c'est à sainte Philomène que les chrétiens de la France malheureuse demandèrent, en 1871, l'inspiration du *premier pèlerinage national* de pénitence à la Salette.

C'est d'un de ses autels de Paris (4), que les délégués de notre patrie repentante partirent pour la sainte montagne des larmes.

1. Le sanctuaire de sainte Philomène, centre d'œuvres nombreuses, est situé 3, rue de Dantzig, dans le parc de la maison Saint-Vincent de Paul.
2. L'autel, en marbre blanc et rouge, a la forme d'un tombeau.
3. L'abbé Henri Planchat, massacré par la Commune (1871).
4. Église Saint-Gervais.

Le 18 août 1872, la bannière de sainte Philomène flottait au sommet des Alpes, comme pour attester à Marie que la France, brisée de douleur, se rendait.

Depuis, Notre-Dame des Victoires, Lourdes, Paray-le-Monial, Montmartre, Jérusalem, ont vu chaque année l'explosion nationale des cantiques, des pleurs, des prières de la France. Mais, ne l'oublions pas : ce magnifique mouvement de foi, d'amour, de repentir, a pris naissance à la Salette, sous l'inspiration de sainte Philomène.

Comprenez-vous maintenant, mes Frères, la grandiose mission de la « chère petite Sainte » auprès de la France? Entre toutes les radieuses figures de saints et de saintes qui devaient sourire au XIXe siècle, Dieu semble avoir choisi celle de sainte Philomène pour nous réconforter et nous consoler.

— La France est bouleversée du choc de vingt révolutions ; sans principes, sans convictions, partant sans sécurité : en France, « toute tête est malade, tout cœur angoissé (1) ».

Lève-toi donc, Philomène. Viens, messagère de la lumière, de la paix, de l'amour : *Pax tecum, Philumena.*

— Vieillie avant l'âge, la France sent dans ses veines se ralentir l'ardeur des croisades ; elle se paralyse, elle se glace.

Où sont les indignations d'antan, qui allumaient sa prunelle de si généreux éclairs, qui rendaient frémissante sa main sur le pommeau de son épée, qui la lançaient, infatigable, à travers les gestes de Dieu ? Rapidité des aigles, courage des lions, chevaleresques virilités de nos pères, qu'êtes-vous devenus ? Oui, la France est vieille, vieille et désolée : qui lui rendra le renouveau ?

Lève-toi, Philomène ; viens, douce et très aimable enfant ; quinze printemps à peine te couronnèrent de leurs rayons, te parfumèrent de leurs vertus ; viens, « chère petite Sainte », Sainte du curé d'Ars ; messagère de l'aurore, de l'espérance, du rajeunissement.

— La France oublie l'énergique ferment de son baptême. Amollie, cyniquement égoïste, la jeunesse de ses lycées et de ses ateliers subit lâchement le volontariat du cabotinisme. Le luxe chez les femmes, la soif de l'or chez les hommes tarissent

1. Isaïe.

au foyer la fécondité de la race. Adieu les mâles vertus ; adieu les indomptables convictions ; adieu l'austérité des mœurs chrétiennes : tout cède aux influences dissolvantes de l'indifférentisme, aux faciles prudences d'un confort tout païen.

Lève-toi donc, Philomène ; à ce peuple de décadents et de trembleurs, à cette génération qui tourbillonne, nerveuse et désheurée, hennissante de luxure, viens redire les enseignements des sombres dédales de Sainte-Priscille et de Saint-Calixte : « Doctrines austères, exemples sublimes, mépris de la vie qui passe, affirmation de tous les dogmes, symbole de tous les sacrements sculptés ou peints sur le marbre des tombeaux et le tuf des murs séculaires (1). »

A la France, oublieuse de l'Évangile, redis, avec le charme de ta grâce, le programme éternel de la pénitence, les joies et les gloires de la chasteté ; redis les adorables folies de la croix, ô chrétienne fervente des premiers siècles ! ô vierge immortelle des catacombes !

— La France orgueilleuse ne veut plus croire au surnaturel. D'après elle, la science élimine le miracle ; la seule puissance d'un peuple : c'est l'argent ; le piédestal de sa gloire : l'industrie ; son auréole : les arts ; le rayonnement de sa vie : le succès, la popularité.

Aujourd'hui, l'homme est tout ; Dieu n'est rien.

Lève-toi donc, Philomène ; sors des ombres où tes reliques se sont longuement imprégnées d'un incorruptible arome. Viens, dans l'obscurité de ta courte vie, mais dans la mission sublime, immense, universelle, qui s'échappe de ton obscur tombeau ; viens venger Dieu des prétentions de ce siècle positif !

Tu imposes et tu popularises le miracle ; tu incarnes le succès dans la faiblesse ; la gloire dans l'humilité. Tu remplis la terre du parfum de ta grâce, ô fleur hier encore inconnue. Tu entraînes, tu passionnes les multitudes ; tu rajeunis magnifiquement l'histoire des manifestations et des interventions extraordinaires de Dieu, ô lointaine ensevelie du mystérieux *loculus*.

En toi, Dieu s'est révélé triomphalement. Dieu, pendant dix-sept cents ans, attendit le coup de pioche d'un fossoyeur,

1. *Sainte Philomène,* par l'abbé Monestès, p. 26.

pour faire jaillir de tes cendres des prodiges inouïs, pour te montrer victorieuse à la terre, ô Sainte silencieuse et voilée des premiers âges, ô grande thaumaturge du XIXe siècle! Où donc le divin fut-il jamais plus éclatant?

— La France coupable, menacée des châtiments divins, doit, les yeux en larmes, le cœur contrit, gravir courageusement les pentes du sacrifice. Il faut qu'elle pleure! Il faut qu'elle saigne! La Salette et Montmartre entrecroisent au-dessus de sa tête des verges et des glaives. Là, les menaces de la justice; ici, les richesses de l'expiation.

Les Alpes ont entendu les soupirs de la Vierge; les Pyrénées ont vu son radieux sourire; là, une amère tristesse; ici, une joyeuse espérance!...

Lève-toi donc, Philomène! la France a peur de la réparation; elle tremble devant la flamme du bûcher où se doit purifier son honneur. Lève-toi et viens, sainte Martyre; montre-lui ta chair virginale, hérissée des flèches d'un cruel supplice; la fiole de ton sang répandu à la gloire du Seigneur Jésus-Christ; l'ancre infrangible des célestes espoirs; les fleurs symboliques, la palme toujours verte de ton amour glorieusement immolé.

Dis à la France, ô douce Victime, la loi, les beautés, les mérites, la puissance divine du sacrifice, qui sauve les âmes et régénère les nations.

Dieu, je le sais, ne se délecte pas des douleurs de ses créatures. Dieu ne prend point plaisir aux agonies de son peuple. Mais les grands sacrifices ont toujours effacé les grandes iniquités. Lorsque les pleurs refusent de couler, Dieu frappe jusqu'au sang.

Le sang, c'est l'ultime baptême; le sang, c'est la suprême rédemption.

Attendrons-nous donc pour nous convertir les dernières rigueurs du Ciel? La France peut encore sortir de la voie de son apostasie, remonter du fond des abîmes de la déchristianisation! Qu'elle opère, sur-le-champ, les salutaires et les énergiques réformes; qu'elle mêle les larmes de son repentir aux pleurs de Notre-Dame de la Salette; qu'elle redevienne fidèle à la foi du baptistère de Reims. Sinon, Dieu se charge à brève échéance de la ramener à Lui.

Sachez-le, un peuple ne boit pas impunément à la coupe de

quinze siècles d'amour. Un peuple n'écrit pas impunément avec le Christ dans les diptyques de la civilisation des gestes comme ceux de notre patrie. Noblesse oblige ! Dieu a voulu se servir du cœur de la France pour la propagation de l'Évangile. Vous lui gâtez son instrument, vous le lui rendez mutilé, tordu. Dieu le jettera sur l'enclume de la persécution, au creuset de la refonte ; et, bon gré mal gré, il faudra bien que la France redevienne la Fille aînée de l'Église. Les larmes ou le sang la retremperont ; mais elle sera toujours la France de l'eau : la baptisée de Reims !

***

Qui n'a frémi de patriotique fierté devant la toile si passionnante d'Alphonse de Neuville : *les Dernières Cartouches* ?

Quel théâtre d'héroïsme que cette chambre de ferme, à la porte arrachée, au plafond éventré d'obus, au sol jonché de débris ! A terre, un blessé gît ; tout contre, un soldat s'affaisse, l'épaule trouée d'une balle. Par la fenêtre, à moitié matelassée, rouge et fumante de l'incendie des bombes, un homme ajuste et tire. Auprès de lui, un turco charge son fusil, tandis qu'à genoux, ses compagnons fiévreux cherchent encore des projectiles. Oui ; ce sont bien *les Dernières Cartouches* !

On le voit, on le sent surtout au viril effort de cet officier qui, la jambe bandée, se cramponnant des mains au vieux bahut de chêne, se penche, anxieux vers la meurtrière, spectateur angoissé du dernier coup de feu.

Est-il assez crâne, lui aussi, en sa colère résignée, ce fantassin, les mains dans ses poches, le képi en arrière, la cartouchière vide au flanc : sans armes, mais irréductible ! Il attend... Allons ; qu'on en finisse, il saura mourir !

O scène dramatique, où l'un de nos plus grands peintres militaires laisse magnifiquement éclater son âme ! Dans *les Dernières Cartouches,* la France lutte, la France souffre, la France meurt ; mais la France ne se rend pas !

Quel examen de conscience s'impose aux catholiques de France devant le tableau génial d'Alphonse de Neuville !

O fils du XIXe siècle, êtes-vous allés, vous, jusqu'au bout de vos forces? Dans la guerre terrible engagée depuis cent ans entre l'Église et la Révolution, avez-vous tiré vos dernières cartouches?... Avez-vous lutté avec le courage du désespoir? Avez-vous souffert jusqu'à l'effusion du sang; êtes-vous disposés à mourir?

Hommes de foi, vous êtes-vous placés à votre poste de combat? Allons, grands propriétaires, à la tête de vos populations rurales! Chefs d'atelier, à la tête de vos ouvriers dans la communion pascale, dans l'assistance à la messe du dimanche, dans le respect du jour et du nom sacrés de Dieu! Pères et mères de famille, à la tête de vos enfants et de vos domestiques dans le culte de la prière au foyer! Riches et patrons, à la tête des œuvres sociales! Épouses et filles, sœurs et mères, vite au bastion de la défense par l'exemple des vertus chrétiennes!

O catholiques de France, tirez donc vos dernières cartouches : vos plus larges aumônes, vos plus ferventes prières, vos plus courageux efforts, vos plus héroïques sacrifices.

Oui, vos dernières cartouches, clients de sainte Philomène, enfants de Notre-Dame de la Salette, soldats de la France baptisée : vos dernières cartouches! et Dieu ne permettra pas qu'un peuple si digne de vivre subisse les gloires de l'extermination!

P. LÉON,

DES FRÈRES-MINEURS CAPUCINS DE PARIS.

Paris. — J. Mersch, imp., 4bis, Av. de Châtillon.

P. LÉON

DE L'ORDRE DES FRÈRES-MINEURS CAPUCINS

ÉPAVES !...

La Bretagne à Paris

Imprimatur :

A. R. P. Timotheus a Podio Luperii

Min. Prov.

Parisiis, 29 Junii 1897.

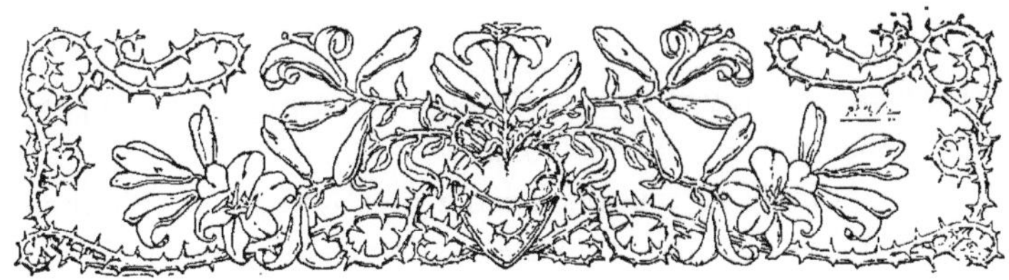

MESDAMES,
MESSIEURS,

L'illustre P. Faber se pose, au cours d'un de ses plus beaux ouvrages, cette question de profonde théologie : « A qui doit-on, dans la prière, donner la préférence : aux âmes du Purgatoire ou aux pauvres pécheurs de ce monde? »

Il énumère alors avec complaisance, il dépeint avec une poésie ravissante : les grandeurs, les beautés, les souffrances des âmes exilées loin du ciel, dans leur prison de feu. Nobles et resplendissantes captives!... ne les oublions pas.

Mais, avant tout, pensons aux pauvres pécheurs : Celles-là sont sauvées; ceux-ci peuvent encore se perdre. Le P. Faber court au plus pressé : il laisse Dieu mettre la dernière main à l'épuration des âmes sûres de leur paradis. Lui s'occupe de préférence à sauver les pécheurs exposés au naufrage.

MESSIEURS,

En acceptant de prendre aujourd'hui la parole dans votre assemblée générale, à l'occasion de la Saint-Yves, je me suis demandé à mon tour si je devais vous entretenir de notre illustre et populaire Patron d'Arvor, ou de nos infortunés compatriotes de Paris?

Dire saint Yves, ne serait-ce point évoquer, dans le cadre

pittoresque du moyen âge, la Bretagne et la France : « la petite et la grande patrie » de nos cœurs ?

Le manoir de Kermartin, l'école presbytérale de Pleubian, les Universités de Paris et d'Orléans, la vieille église de Louannec, la belle cathédrale de Tréguier : cadre grandiose, riches souvenirs ! Ne serait-ce pas offrir à votre admiration l'avocat « grand justicier », le tertiaire franciscain, dont la devise familiale exprime si bien la mâle vertu : « A tout dix ! (1) » ou le « saint prêtre de Dieu : *Belek zantel Doue* » ?

Ils ont raison, Messieurs, les pèlerins chanteurs des Pardons de l'antique Trécor : « *Ne neuz ket enn Breiz evel sant Ervoan :* Saint Yves est le saint hors pair de la Bretagne. » Son tombeau est le plus beau de la terre : *Ker kaer hag he ve ne neuz ket unan* (2).

Laissons donc au ciel les Melaine, les Félix, les Corentin, les Brieuc, les Tugdual, les Guénolé s'incliner aujourd'hui devant la gloire de son front nimbé d'or. Laissons là-bas les Bretons célébrer, dans un naïf enthousiasme, les vertus de celui qui, par ses miracles, rappelle saint Martin, le thaumaturge des Gaules, et fait pressentir le grand vulgarisateur français de la charité : saint Vincent de Paul.

« Monseigneur saint Yves » n'a pas besoin de mes faibles louanges. J'aime donc mieux plaider devant vous, sous les auspices de votre saint Patron, la cause de ses clients, vos frères malheureux émigrés à Paris. Je préfère vous parler de la Bretagne et des Bretons.

I. — **Les Bretons en Bretagne.**

II. — **Les Bretons à Paris.**

1. En tout et toujours les dix commandements ! Ou encore : En tout dix fois plus que les autres.

2. Chant des *Trois fléaux :*

Il n'est pas en Bretagne comme saint Yves,
Aussi beau que sa tombe, il n'est pas une.

I

Les Bretons en Bretagne.

En Bretagne, la religion a tout pénétré de son souffle : traditions, langue, costumes; la religion a tout surmonté de sa croix : rocs escarpés, menhirs et dolmens des landes, pittoresques cimetières, vieilles églises de granit. C'est de toutes les âmes, c'est de tous les échos mêmes de cette terre exceptionnellement religieuse que monte le refrain populaire :

O sainte Anne, ô Mère chérie,
Garde au cœur des Bretons la foi des anciens jours.
Entends du haut du ciel le cri de la patrie :
Catholique et Breton toujours.

En Bretagne, l'homme est chrétien deux fois. « Nous sommes la terre des rochers et des chênes, écrivait Jules Simon, mais nous sommes aussi la terre des cœurs de chêne. »

Nulle part la foi n'a jeté de plus profondes racines : foi vivace, que les siècles ont fortifiée dans les âmes par le culte des autels et des foyers, toujours fraternellement aimés; foi courageuse indestructiblement debout malgré tous les assauts, malgré toutes les révolutions.

Les Malouins ont nommé l'une de leurs tours d'un nom pittoresque : *Quiquengrogne!*

Oui; Qui qu'en grogne : l'Anglais, la tempête, les années... ainsi sera, je demeure immobile.

Telle la foi de Bretagne : Qui qu'en grogne : les Druides, les Normands, les Huguenots, les Bleus; elle a résisté à tout; c'est une foi de granit : foi naïve et traditionnelle, mélancolique et austère, fleurie de légendes et de souvenirs d'une étrange saveur; foi conquérante des âmes comme l'ajonc épineux aux clochettes d'or est envahisseur des landes et des rochers. Partout s'exhale son parfum sauvage, partout s'épanouit sa poétique simplicité. L'imagination populaire revêt souvent les faits authentiques d'un brillant réseau de détails pleins de charme; mais, dans ces vieilles histoires qui se racontent aux premières nuits d'hiver, sous le manteau des hautes cheminées à bavolet de serge, remarquez toujours la prédominance de l'élément religieux.

Les apôtres ont abordé ces rivages, venus de loin dans des auges de pierre, moitié berceaux, moitié cercueils. On montre ici les rocs où s'appuyait leur tête au sommeil, où s'enfonçaient leurs genoux en prière; les torrents qu'ils traversaient, sans mouiller ni leurs pieds ni leurs vêtements; les fontaines jaillies miraculeusement à leur voix; là, ce clocher à fine dentelure, hardiment lancé dans les airs, fut bâti par « Messire Satanas » lui-même.

Mettez-vous à genoux sur ce sable, au bord de cette baie, prêtez l'oreille contre les flots : n'entendez-vous pas les carillons sous-marins d'Is la submergée, la ville ingrate et sourde à la voix des amis de Dieu?

Dans cette grotte a vécu saint Cadoc. Sur cette montagne, ou dans cette forêt, saint Gildas ou saint Guénolé ont bâti leurs monastères.

Ici, Kériolet a rougi le sol du sang de son héroïque pénitence. Là, Nicolazic a vu ses bœufs s'arrêter devant la statue de sainte Anne.

Dans toutes ces chapelles, aux crucifix saignants, aux Madones pensives, — oratoires champêtres égrenés à travers les sables, les bois, les prés, — de vieux saints ont conversé avec les anges, ont lutté avec le démon. Les dalles sont usées de ces pauvres sanctuaires, tant les pèlerins ont touché la pierre de leurs lèvres ou de leurs genoux. Le temps a mis sur tout la patine des siècles; mais, toujours, à ces humbles autels des cierges sont allumés; toujours de minables mendiants, le rosaire aux doigts, sont assis à la porte, fredonnant des *Ave Maria!*

Le ménestrel de Cornouaille chantait jadis aux accords de la harpe d'un barde mutilé : « Les Franks lui ont coupé la langue, mais il a toujours un cœur, un cœur et une main pour décocher la flèche de la mélodie. »

Allez aujourd'hui, Messieurs, à Sainte-Anne d'Auray, comme à Notre-Dame du Folgoët ou à Rumengol, aux pardons, aux foires, aux marchés, dans la cour de la ferme, au seuil du manoir, à l'entrée des champs, au carrefour des villages : partout les mendiants bretons demandent l'aumône au nom du bon Dieu : « Ils ont toujours un cœur, un cœur et une main pour décocher la flèche de la prière mélodieuse. » Au jour des noces, ils prient pour les époux ; ils leur souhaitent toutes sortes de prospérités : « Autant d'enfants qu'il y a de grillons au foyer, autant d'années que les patriarches, et le paradis après leur mort. » Au jour des funérailles, ils prient pour les trépassés.

« Il est très remarquable, dit le vicomte de la Villemarqué, dans son Introduction des *Barzaz-Breiz,* que, méprisés ailleurs et le rebut de la société, ces gens soient honorés en Bretagne, et presque l'objet d'un culte affectueux ; cette commisération toute chrétienne emploie les formes les plus naïves et les plus tendres dans les dénominations qu'elle leur donne ; on les appelle : *bons pauvres, chers pauvres, pauvrets, pauvres chéris,* ou simplement *chéris ;* quelquefois on les désigne sous le nom *d'amis* ou de *frères du bon Dieu.* »

O foi de Bretagne, foi des anciens jours ! foi vieille comme la misère (la misère est vieille comme le monde !), foi immortelle comme la Religion, forte et courageuse comme l'amour ! Comment le Breton ne serait-il pas, au pays d'Arvor, l'homme d'une foi vivante ? Là, tout le porte à Dieu : la *nature* et l'*histoire,* la *famille* et la *religion.*

— Laboureur ou marin, il est en face de l'infini du ciel ou de l'infini de la mer ; son cœur se dilate dans la contemplation de l'immensité, tandis que sa mâle poitrine boit l'air pur, chargé de sels réconfortants, ou de l'arome des pommiers et des genêts en fleurs.

Le paysan conduit ses bœufs au labour, en faisant sa prière du matin, ce pendant que le carillon des cloches lointaines mêle ses perles aux aubades pieuses de l'alouette, aux roulades brillantes du rossignol : Heure sacrée des jours de soleil, où la terre d'Arvor revêt le luxe de ses beautés austères et charmantes tout à la fois.

Dans ce cadre matinal, qu'elle est donc magnifique la Bretagne : avec son Océan constellé de voiles blanches, aux roches frangées d'écume, déchiquetées par le flot, noircies par la foudre ! ses ruisseaux babillards et coureurs à travers les vertes oseraies ou les granits moussus ; ses champs odorants de blé noir ; ses prairies ombragées de pommiers ; ses moissons de lin, de trèfle et d'avoine, où la brise met soudain des frissons d'azur, de pourpre et d'or ; ses bruyères roses ; ses frais vallons ; ses gorges profondes... quel ravissant mélange de grâce et d'austérité ! Spectacles sublimes et sanctifiants qui ne coûtent rien : *spectacula magna, gratuita et sancta* (1) ; horizons sans bornes où l'âme se recueille, et d'instinct, débordant ce monde fini, va, s'élance, pleine de tristesse et de soupirs, vers une « Bretagne plus haute et meilleure ».

— Au milieu des magnificences de la nature, partout l'histoire sème, avec une rare prodigalité, ses monuments, ses souvenirs : indestructibles témoins de la foi, de l'honneur, du courage de nos aïeux.

Pierres « sonnantes et branlantes », qui retentirent du bruit des armes et des cantiques des « pardons » ; forteresses féodales aux créneaux desquelles semblent encore se pencher ces antiques chevaliers, bardés dans la croyance aussi bien que dans la valeur la dague au poing, criant aux mécréants : « Hors d'ici, de par Monseigneur saint Yves ! »

Cathédrales aux jubés ciselés, ajourés comme de fines dentelles, aux tombeaux blasonnés et fleurdelisés ; lits antiques, où dorment les statues royales et ducales, une torche de pierre dans la main, avec des levrettes à leurs pieds.

Calvaires de granit bleu, tout peuplés de statues ; dalles des monastères sous lesquelles reposent les cendres des héros et des saints ; ossuaires aux fenêtres grillées, vastes reliquaires ; « champs mystérieux des martyrs ».

O Bretagne ! ô Bretagne ! que de ruines sacrées par les siècles ; que de vestiges immortels de la vaillance et de la foi de tes enfants ! Par ces chemins creux passèrent les fils d'Arvor :

1. Tertullien.

les Beaumanoir, les Cadoudal, les Tinténiac, « tous ceux dont le pied était vif comme l'œil; tous ceux qui avaient sucé le lait d'une Bretonne, un lait plus sain que du vin vieux (1) ».

Devant ces croix, devant ces autels, s'agenouillèrent tous ces amants passionnés de la liberté, toujours rebelles au joug des conquérants (2).

« Corps de fer, cœurs d'acier », disait Napoléon, ces chrétiens intrépides s'engageaient par serment à ne jamais montrer à l'ennemi, sur le champ de bataille, le « Saint-Sacrement » qu'ils portaient dans le dos, brodé en soie sur leur veste au gancé de velours. « Face au feu! l'âme à Dieu! »

Aux heures du rêve, le paysan breton croit encore entendre, dans le vent qui passe, ou dans la vague qui mugit, le cri de guerre qui, depuis douze cents ans, réveille les preux d'Armorique : « On ne meurt jamais trop tôt, quand on meurt pour le devoir et pour la liberté. » Ou ce chant patriotique du soldat chrétien : « S'il faut combattre, je combattrai; je combattrai pour le pays; s'il faut mourir, je mourrai; je mourrai libre et joyeux. Je n'ai pas peur des balles : elles ne tueront pas mon âme (3). » Ou les paroles sublimes des chouans, tombés aux mains des conventionnels : « Guillotinez-nous donc bien vite pour que nous ressuscitions dans trois jours! (4) »

Le Breton croit à Dieu, à la patrie, à l'honneur, à la liberté. Pour ces grandes choses, son cœur garde des échos toujours prêts à vibrer, des lèvres toujours prêtes à chanter, une main toujours prête à frapper. L'histoire des aïeux, partant la sienne, est écrite dans toutes les pierres de la Bretagne; et le vent qui courbe les blés réveille toujours dans son âme les souvenirs de « la guerre des géants ».

« Le trait caractéristique de la race bretonne à tous ses degrés, écrit Renan (un Breton, hélas!), est l'idéalisme, la poursuite d'une fin morale ou intellectuelle... toujours désintéressée.

1. Chants populaires de la Bretagne, *Ann Alarc'h.*
2. *Semper contumax regibus.* (Cité par d'Argentré : *Histoire de Bretagne,* p. 87.)
3. Chants populaires de la Bretagne, *Ar-re-C'hlaz.*
4. Rapport de Camille Desmoulins, *Histoire des Brissotins,* p. 60.

Jamais race ne fut plus impropre à l'industrie, au commerce. On obtient tout d'elle par le sentiment de l'honneur ; l'occupation noble est à ses yeux celle par laquelle on ne gagne rien, par exemple celle du soldat, celle du marin, celle du prêtre, celle du vrai gentilhomme, qui ne tire de sa terre que le fruit convenu par l'usage, sans chercher à l'augmenter (1). »

Ailleurs, il s'écrie : « Ne riez pas de nous autres Celtes : nous ne ferons pas de Parthénon, le marbre nous manque ; mais nous savons prendre à poignée le cœur et l'âme. »

Oui, c'est vrai, nous savons saisir notre vie palpitante pour la livrer au service de ces reines augustes du monde : la Justice et la Vérité.

« A ma vie ! » c'est la devise de la Bretagne. Franche, courageuse, persévérante, opiniâtre, l'âme bretonne l'a toujours été : « A ma vie », dans l'honneur, le travail, la pauvreté ; « à ma vie », dans l'héroïsme et le martyre !

Sa fidélité est à l'épreuve du temps ; elle est sortie victorieuse d'une expérience cent fois répétée. On peut la briser : la courber jamais !

La Convention avait ordonné aux décorés de l'ancien régime de remettre entre les mains du gouvernement leurs distinctions honorifiques :

Le brave Le Mang de Kervignac se rendit devant le Comité public, avec sa médaille et un marteau : « Citoyens, dit-il, vous m'avez demandé ma médaille ; c'est sans doute l'or que vous voulez : le voilà ! » Et broyant la pièce sous son marteau, il la jeta aux pieds des conventionnels. « Quant à l'honneur, il m'appartient ; personne ne me l'enlèvera ! » En prononçant ces mots, il sortit, laissant le Comité stupéfait de cette sublime audace.

Les Bretons sont toujours la race aux longs cheveux.
Que rien ne peut dompter quand elle a dit : « Je veux ! »

« Nous ne sommes ni de ceux qui se lassent, ni de ceux qui reculent (2). »

1. Renan, *Souvenirs d'enfance*, ch. XI.
2. Anatole Leroy-Beaulieu, *Réforme sociale* (16 février 1897).

Dans le Breton, la foi domine toutes les qualités; elle les imprègne, elle les consacre. Mais d'où part cette foi robuste; où donc est caché le trésor de ces convictions chrétiennes, si tenaces, qu'elles impriment au Breton un cachet inamissible?

La nature et l'histoire entretiennent l'élément religieux dans l'âme bretonne : la famille et l'église l'y ont déposé. Le Breton est chrétien, parce qu'il est avant tout l'homme du foyer et de l'autel.

— Pauvres et chers foyers de Bretagne!

Crucifix séculaires, protecteurs du sommeil; icones primitives des saints d'autrefois; images aimées de « Dame Marie » et de sainte Anne, « Marraine d'Arvor », devant lesquelles chaque jour se fait, à genoux, la prière en commun; rosaire aux grains noircis par l'usage, souvenirs durables des Maunoir, des Montfort et des Le Noblez : chaînes mystérieuses des mœurs; fleurs simples des lèvres orantes et des cœurs pieusement attendris!

Pauvres et chers foyers de Bretagne!

Pierre sacrée de la famille; nid des amours, des tristesses, des joies, dans lequel il fait bon vivre, et presque aussi bon mourir : *in nidulo meo moriar*.

Rouets et quenouilles des grand'mères; antiques bahuts de chêne; lits à deux étages, enveloppés de rideaux, ou fermés comme des armoires; vaisselle rustique et peinte, suspendue aux murailles; table massive où fume dans l'écuelle la soupe blanche, où pétille dans le « hanap » le cidre « jaune comme de l'or ».

Pauvres et chers foyers de Bretagne!

Toits de chaume, vieux puits, granges embaumées des senteurs de foin; aire durcie, où toute la semaine battent en cadence les fléaux; retentissante le dimanche, à la vesprée, des sons du biniou et de la bombarde, du bruit des sabots danseurs, des gais éclats de rire.

Pauvres et chers foyers de Bretagne!

Comment redire le charme sacré que vous exercez sur les âmes; l'irrésistible parfum de vertu, de paix, de bonheur, qui se dégage de vos humbles pierres? ô vous qui avez vu venir tant de berceaux et s'en aller tant de cercueils.

Vous êtes de chaume, mais vous faites les cœurs d'or. « Tyer plouz ha kalounou aour. »

Loin de vous, le Breton n'existe qu'à moitié; loin de vous, souvent il languit et meurt de tristesse.

« Allaz! ar Vretoned zo leun a velkoni! »

Mais là-bas, sous son ciel brumeux, au sein de ses bruyères, n'eût-il qu'une cabane couverte de genêts; n'eût-il qu'un verger ou courtil, avec un peu de chanvre pour s'habiller, et un peu d'herbe pour nourrir sa vache, joyeux, rude à l'ouvrage, il travaille en chantant : « C'est mon roc, c'est ma pierre; ici je pose solidement mon pied; c'est mon champ, c'est mon droit; ce sont mes enfants que Dieu m'a donnés. Je les nourris de mon pain; ils dorment sous mon toit.

O libre, libre pauvreté! héritage de mes pères; je vous défendrai avec courage, comme la prunelle de mes yeux.

Oui, libre je suis né; tranquille je veux dormir.

Et libre j'ai grandi, et libre je veux mourir (1). »

— Entre le foyer et l'église tient toute sa vie. Le paysan breton est avant tout chrétien : de là son admirable résignation.

« Cette vertu se montre dans tous les circonstances de sa vie. Sa chaumière est-elle la proie des flammes? il ne pleure point, il n'éclate point en cris; il ne maudit personne; il incline la tête et dit tristement comme Job : « Que la volonté de Dieu « soit faite! » Puis, quand il ne reste plus de sa cabane que les quatre murs, il va mendier de porte en porte, en chantant parfois lui-même son malheur, quelque argent pour la rebâtir. Cette résignation le suit jusqu'au lit de mort; il quitte sans regret une vie misérable qu'il a prise en patience, pour mériter le ciel (2). »

— Jamais dans ses amours, le Breton ne sépare l'autel du

1. Chant populaire du canton suisse des Grisons. Le laboureur breton peut le redire en toute vérité.

2. Notes des *Barzaz-Breiz*, 7e édition, p. 366.

foyer ; le « *pro aris et focis* » est indivisible pour lui. Son histoire nationale, douze fois séculaire, n'est que la lutte soutenue pour assurer cette double indépendance. Mais l'amour de la religion domine, dans le cœur celtique, celui de la patrie ; volontiers il s'approprierait cette vieille devise si chrétienne : « *Non solum, sed cœlum!* le ciel, non la terre. » Or l'église ne le rapproche-t-elle pas du ciel ; ne lui en montre-t-elle pas le chemin ? ne lui en présage-t-elle pas les joies ? Aussi qui dira sa tendresse filiale, son respect, sa dévotion pour tout ce qui s'y rattache ?

D'aussi loin qu'il aperçoit « le clocher à jour », surmonté du coq symbolique, il ôte son large chapeau et se signe dévotement.

Le sacerdoce en Bretagne est une sorte de royauté. Le Breton a le culte de la paternité des âmes : il aime ses prêtres avec une vénération touchante. Le « Recteur (1) » lui rend au centuple, en un dévouement toujours jeune, ces sentiments de filiale confiance. Fidèles et clergé ont prié, lutté, souffert ensemble pour la patrie et pour la religion ; ensemble ils ont porté sur l'échafaud leur tête rayonnante.

On ne rompt pas aisément un faisceau de services réciproques, qui s'est trouvé plus fort que la mort même. Depuis douze cents ans, cette alliance survit à tout ; elle n'est pas près de se briser.

La parole du « Recteur » sonne quelquefois dure comme le granit ; mieux que personne il connaît les tendances de la race :

> But em cuz evet eur poudad ;
> Tankerru ! hen-nez a oa mad :
> Evel gwin-ar-dan ar gwellon !
> Hag en deuz groet vad d'am c'halon !
> Ar sistr dous-ze a oa ker mad !
> Mem befe evet dek poudad ! (2)

1. Nom du curé en Bretagne.

2. Oui, j'ai bu un pot de cidre, feu et flamme ! Qu'il était bon : Comme le meilleur vin de feu, et qu'il m'a fait de bien au cœur ! Ce cidre était si bon ; j'en aurais bu dix pots.

Mieux que personne, « retranché dans les mœurs nationales comme dans sa presqu'île, défendu par sa langue et par son caractère », le « Recteur » breton fait entendre la vérité à ses ouailles. On l'accepte de lui ; car il est l'ami de toutes les familles ; il est l'hôte respecté de tous les foyers ; le confident de tous les intérêts ; le chef religieux aux yeux bleus du Celte, aux cheveux blancs du père qui maintient les bonnes coutumes du pays.

Avez-vous vu les grands *pardons* de Bretagne ? ces fêtes populaires et chrétiennes où fidèles et prêtres fraternisent dans les croyances vénérables, dans les traditions sacrées d'un passé toujours renaissant ?

Au lever du jour tant désiré, les chemins se couvrent de bandes joyeuses de pèlerins, groupés autour de la croix et des bannières paroissiales, Recteurs en tête : théorie pittoresque se déroulant à travers champs, sous bois, au bord des flots grondeurs, ondulante, au souffle des cantiques et des litanies chantées à deux chœurs par les femmes et par les hommes ; dans le cliquetis des rosaires chargés de médailles, déroulés tout au long ; dans le bruissement léger des coiffes qui battent de l'aile au vent de mer ; dans la bigarrure éclatante des vestes bleues, noires ou violettes et des braies blanches, des gilets brodés et soutachés de soies multicolores, des larges chapeaux enrubannés, des guêtres jaunes ou vertes de certains cantons.

Éveillées soudain dans leur tour séculaire, les cloches annoncent en de joyeuses volées l'arrivée des « paroisses ». Les croix et les vieux saints se saluent en s'inclinant au moment de pénétrer dans l'église. La foi réunit toutes les âmes au pied des autels resplendissants de mille feux. L'encens fume. Avec l'accent des différents dialectes, le *Credo* jaillit, de toutes ces mâles poitrines, vibrant comme le chant des bardes antiques.

De fraternelles agapes réunissent dans les prairies voisines ces Bretons de tout terroir, de tout âge, de toute condition. Des jeux, des luttes, des danses rustiques terminent la fête.

O pardons de Bretagne, pieuses et gaies assemblées, qui

pourraient s'appeler « des synodes privilégiés de fraternité et d'union ! »

Telle est la Bretagne ; tel est le Breton, sur la terre de sainte Anne et de saint Yves !

Ah ! pourquoi ne puis-je rester devant la vision bienfaisante de ces autels et de ces foyers ensoleillés par la religion des siècles ? Pourquoi la Bretagne nous jette-t-elle le cri désolé de Rachel : « Ne m'appelez plus *Noëmi*, la beauté ; appelez-moi *Mara*, l'amertume ! »

Oui, terre sacrée, terre de granit et de chênes, patrie des fortes âmes et des nobles traditions, vous êtes aujourd'hui abandonnée et désolée : *Jerusalem deserta facta est.*

Arrêtons nos regards sur ce tableau attristant ; il en coûte, mais il le faut pour avoir une étude complète de la Bretagne.

II

Les Bretons à Paris.

Dans les vieux chants du barde Gwenc'hlan, l'agriculteur s'en va de pays en pays ; pauvre, triste, aveugle, assis sur une haridelle des montagnes que son jeune fils conduit par la bride. Il cherche un champ à cultiver ; il veut une bonne terre : « Mon fils, demande-t-il, vois-tu verdir le trèfle, ou jaunir le froment ? — Je ne vois que la digitale fleurie, répond l'enfant. — Alors, allons plus loin », reprend le vieillard.

Voilà, Messieurs, la réalité qui dépeuple la Bretagne. Voilà le mot d'une migration navrante, chaque année plus accentuée, qui a jeté déjà sur le pavé de Paris, timides, dépaysés, mal préparés à la vie des grands centres manufacturiers, 80.000 de nos compatriotes !

Aller plus loin : c'est fuir du côté du soleil et de la moderne civilisation, se porter vers de plus larges salaires, vers le bien-être de la vie.

Aller plus loin : c'est abandonner cette vieille terre rocheuse, entamée par les voies ferrées, appauvrie par la suppression des industries locales, avare de ses moissons ; quitter cette mère-patrie où la « bourse est aussi vide d'argent que le cœur est plein d'amour ».

Aller plus loin : c'est affronter l'inconnu, pour le relèvement de l'aisance familiale, ou pour la facilité du pain quotidien.

Ah ! pauvres gens de Bretagne, avez-vous bien calculé et pesé les aléas redoutables de cette migration ? Sans doute ce voyage à la « conquête du pain » vous semble imposé par les transformations de notre société contemporaine. Jamais, assurément, le paysan n'a senti plus durement qu'aujourd'hui « le labeur de vivre », « la lutte pour l'existence ».

Mais avez-vous bien mûri votre projet ? Avez-vous soumis « aux anciens du pays » votre aventureuse résolution ? Avez-vous pris conseil de votre « Recteur » ?

Savez-vous tout ce que Paris vous réserve de peines, de désenchantements, d'angoisses, de désespoirs ?

Hélas ! non ; ils ne le savent point. L'illusion sonne au village le coup de cloche du départ. Ils émigrent sur la foi du rêve, et le rêve est trompeur.

« Il a entendu dire, — le pauvre ! — au fond de sa Bretagne, que, dans la capitale, le gars parti du village l'année dernière gagnait dix francs par jour et quelquefois plus ! et depuis ce jour il ne dort plus ; les deux pièces de cinq francs dansent devant ses yeux et lui parlent de Paris. La tentation devient une hallucination et, après avoir résisté longtemps, un beau matin, toute la famille quitte la vieille maison tranquille au bord de la route, entasse le pauvre mobilier au chemin de fer et part pour la ville « où l'on gagne dix francs par jour et quelquefois plus ». La mère et les enfants sont tristes en voyant fuir au loin, parmi les peupliers, le clocher natal ; mais le père a enfoncé son chapeau d'un coup de poing, et ma foi ! ceci remplace bien des raisons.

On se rappellera longtemps l'arrivée à Paris, un soir, au milieu du brouhaha des voitures. On a couru la nuit à la recherche d'un hôtel pas cher ; on a couru le lendemain pour le logement ;

on a couru les jours suivants pour avoir du travail, « celui qui rapporte dix francs par jour ! »

Oh ! quel souvenir : ces courses sur le trottoir, dans le bruit de la foule ; ces attentes à la porte des ateliers pour voir « le pays » qui a dû parler pour nous ; ces premières stations forcées dans les cabarets ; et puis la rentrée, le soir, au cinquième, dans le logement sans air, loué 180 francs ; la femme reconnaissant le pas du mari, ouvrant la porte avant qu'il ne frappe, l'interrogeant avant qu'il ait pu s'asseoir, secouant la tête d'un air de doute au récit des promesses faites et des espérances données !...

Mettons les choses au mieux : la place est trouvée, mais le bonheur ne vient pas nécessairement avec elle. Vous avez oublié, pauvres gens, un proverbe de votre village : Un petit « chez soi » vaut mieux qu'un grand « chez les autres ».

Et maintenant, partout vous êtes chez les autres ; vous le sentirez d'ailleurs bientôt ; c'est une besogne dont chacun se chargera : le propriétaire qui vous a loué, les voisins qui vous entourent, le concierge qui vous surveille, le patron et le contremaître qui vous feront travailler.

Oh ! qui dira les larmes que Paris a fait couler, les déceptions qu'il a produites et les désespoirs dont il est responsable ? Allez le demander à nos petits Bretons de Clichy, de Levallois, de Saint-Ouen, qui s'étiolent dans les usines à gaz, dans les fabriques et les raffineries ; allez le demander aux Alsaciens et aux Lorrains de la Chapelle, de Belleville et de la Villette !

Paris, de loin, c'est la ville enchantée, où le travail rémunérateur est partout, où la vie est pour rien, où tout est pour le mieux dans le meilleur des mondes. De près, au contraire, c'est la lutte pour la vie dans ce qu'elle a de plus brutal ; c'est le travail débilitant des ateliers sans un coin de ciel bleu, sans une bouffée d'air pur ; c'est la vie factice où l'on se passe du nécessaire pour posséder le superflu ; où l'on ne distingue pas une ouvrière endimanchée d'une patricienne millionnaire ; où tout est vanité, illusion, mensonge.

« Petites gens de Bretagne, restez chez vous ! — Venir à Paris, c'est imiter le papillon qui vient brûler ses ailes à la flamme brillante qui aurait dû le réchauffer. Nos rues et nos boulevards ne remplaceront pas vos horizons lointains ; nos fêtes vous feraient mal, à vous qui êtes habitués aux grands silences de la nature, et les dix francs qu'on vous mettrait dans la main ne vous permettraient peut-être pas d'acheter les pommes de terre et le lait caillé dont vous vous contentez aujourd'hui (1). »

Oui, petites gens de Bretagne, restez chez vous : tous les terroirs ne conviennent pas également à tous les arbres ; les plantes demandent chacune une exposition appropriée ; le sol qui convient aux chênes n'est pas la patrie des palmiers, ni celle des oliviers. Le saule mourrait dans les sables du désert : il aime à mirer le retroussis argenté de son feuillage dans le courant des eaux vives. Le genêt et la bruyère se plaisent à couronner la pauvreté des landes. La rose et le lis réclament, au contraire, un humus plus fertile.

Déraciner les fleurs, n'est-ce pas souvent les flétrir ? Il en est ainsi des Bretons : les soustraire aux influences de l'air natal ; les éloigner du berceau granitique de leurs origines, du « clocher à jour », des « pardons », du « Recteur », de leur langue, de leurs traditions, de leurs costumes, de tout cet ensemble de vie nationale, à part, qui est la leur, c'est les appauvrir, les dépayser, les déraciner.

Les Bretons « laïcisés » ne sont plus des Bretons !

Les Bretons chez eux !
Les Bretons à Dieu !

Voilà les deux éléments générateurs de leur félicité sur la terre.

On a constaté chez les fils d'Arvor le goût des voyages, l'attirance des aventures, la tendance aux mélancolies du rêve :

Cœurs changeants, épris de voyages,
Les Bretons, ce peuple banni,
Se sont faits, comme leurs nuages,
Les pèlerins de l'infini (2).

1. La *Croix du dimanche,* 24 mai 1891.
2. Anatole le Braz.

Oui, mais les nuages ne se fixent pas, et les Bretons se fixent à Paris.

Ce n'est pas un plaisir qu'ils viennent prendre ; c'est une grosse partie qu'ils vont jouer : tout leur avenir qu'ils enchaînent dans l'inconnu sombre.

Hélas ! qu'elle est navrante l'histoire de la plupart des Bretons à Paris ! Quatre-vingt-dix sur cent ne trouvent aucune place. Habitués à la vie du labour ou de la pêche, n'ayant guère reçu, dans les écoles de leur bourg ou de leur village, que les éléments d'une instruction forcément rapide, très incomplète ; que voulez-vous, de bonne foi, que ces malheureux puissent trouver dans la capitale ? Les bureaux des administrations leur sont fermés ; les carrières dites « libérales » ne s'ouvrent aujourd'hui que devant les diplômés et les brevetés : elles sont depuis longtemps encombrées.

Les Bretons ne sont donc ni professeurs ni artistes ; quelques-uns sont employés ou marchands ; les autres n'ont d'autre ressource que la domesticité, avec ses sujétions, trop souvent avec ses dangers ; beaucoup, pour ne pas mourir de faim, sont obligés d'accepter, dans les usines et dans les manufactures, un travail presque toujours écrasant ; les corvées les plus pénibles leur sont d'ordinaire réservées. Traités comme des parias, en bêtes de somme, par des contre-maîtres sans entrailles ; exposés à cause de leur foi aux railleries, aux attaques haineuses de camarades incrédules et vicieux, combien, parmi ces Bretons dépaysés, abandonnent toute pratique religieuse ! Hommes de peine, dans toute la force du mot, ils finissent, courbés sur la machine ou sur l'outil d'une brutale industrie, par ne plus songer à relever vers le ciel leur front trempé d'âcres sueurs. Adieu les saints offices du dimanche ; adieu la prière du foyer ; adieu les traditions pieuses de la mère-patrie. Trop souvent, avec la coiffe bretonne, les jeunes filles et les femmes laissent de côté les chastes et pudiques vertus. Inexpérimentées et naïves, elles tombent lamentablement dans les pièges de cette corruption vénale qui a ses agences, ses éclaireurs, ses actionnaires : « la traite des blanches ».

En quittant la veste brodée de velours, uniforme de vaillance et de religion, pour la blouse banale des faubouriens, les hommes rejettent la mâle fierté, l'austérité des mœurs, le culte sacré des amours ancestrales : je veux dire le respect des vieillards, des femmes, des prêtres ; le respect du foyer et de l'autel. Hélas ! si facilement le Breton émigré subit l'influence du mal et des mauvais !

Plus perfide, plus désastreux qu'au pays armoricain, l'alcoolisme le guette au sortir des raffineries et des usines à gaz. Les estaminets, les cafés-concerts l'arrêtent, après « la paye », le samedi soir. L'eau de feu, la liqueur intoxicante brûle et noie la délicatesse, l'honnêteté de ses sentiments chrétiens, ruine sa santé, inocule fatalement à son âme le dégoût du travail et de la vie en famille. Le défaut d'une nourriture substantielle se surajoutant à cette ébriété chronique, le Breton en arrive à une dégénérescence rapide de ses forces. « Le Breton pauvre, dit M. l'abbé Thoz, meurt généralement vers l'âge de trente-cinq à quarante-cinq ans. »

O verdeur automnale, jeunesse octogénaire des vieux Celtes, frères des chênes immortels, qu'êtes-vous devenues ? L'eau de la fontaine et le pain de seigle avaient donné là-bas à ces paysans des muscles de fer : la campagne en eût fait la race forte comme ses rochers, chaste comme ses hermines, mystique comme ses chapelles : honneur et réserve de la France. Avec sa misère, son travail de forçats, ses vices immondes, Paris les a réduits à n'être plus que des malades rachitiques, pâles, usés prématurément : matière vile, condamnée aux manipulations de l'amphithéâtre !...

La religion du Breton s'incarne, à ses yeux, dans le clocher, dans le Recteur, dans les coutumes, dans la langue d'Arvor. Où donc trouvera-t-il, au milieu de la capitale, vestige de ces choses sacrées, chères à son enfance ? Les églises de la grande ville, immenses, luxueuses, aux prie-Dieu de velours, aux chaises armoriées, désorientent sa foi rustique. Jusqu'au pied de ces autels magnifiques, il se sent mal à l'aise. « Ce n'est pas là, dit-il, le bon Dieu de chez nous. »

Zélés peuvent être les prêtres de ces paroisses, grandes comme des cités de province; mais ils ne savent point son idiome ; aucun de ces visages ne lui est familier. Les saints eux-mêmes, aussi bien que les fidèles, lui font l'effet d'étrangers ; et les deux vers de Brizeux, dans sa *Telen Arvor,* montent à ses lèvres en une plainte désolée :

Oh ! saints de mon pays, secourez-moi !
Les saints de ce pays ne me connaissent pas (1).

En ces ambiances glaciales, la foi du Breton languit et se meurt. S'il avait, du moins, pour le réchauffer, l'atmosphère douce et sereine du foyer de famille ! Mais pas plus la « chambre garnie » que la mansarde d'un sixième étage à Paris ne peut lui donner l'illusion de la ferme d'antan, accotée au bord des bois, si pittoresque en son pauvre toit de chaume, dans la fraîcheur des prairies, sous la rutilance de l'aurore, sous la pourpre dorée du déclin. — Là-bas tout parlait au cœur ; tout, dans la nature ou dans la chère maison domestique, portait mystérieusement au rêve son âme religieuse, lui donnait la sainte nostalgie de l'au-delà.

Ici toutes les brutalités de la civilisation le rapetissent, le recroquevillent, le découragent, le désespèrent.

On s'élève spontanément à Dieu, au sein des grands silences de la campagne ; une haie d'aubépine est pleine de rayons, de parfums, de battements d'ailes, d'émeraudes, de saphirs.

Mais que dit à l'âme contemplative du malheureux exilé la vue du macadam, des ruelles étroites, des taudits infects où il étouffe en été, où il gèle en hiver.

Est-ce donc là le foyer ? Autrefois, lorsque, sa journée finie, laboureur chargé des instruments agraires, il reprenait le chemin de la cabane aimée où l'attendaient le sourire de sa femme et les baisers de ses enfants, il était heureux. L'étoile silencieuse qui se levait au firmament semblait moins belle à ses yeux que

1. Rapport de M. Pierre Laurent, p. 10.

la torche de résine, que la flamme de l'âtre fumeux, scintillant contre la vitre de son « home » champêtre.

« Là, pouvait-il murmurer avec le Prophète, là j'ai choisi de vivre, là je mourrai! » — Il s'y rendait en chantant, en bénissant Dieu.

Mais qu'irait-il faire aujourd'hui dans cette misérable mansarde, perdue en un coin populeux de ce vaste Paris? Ni sa femme ni ses fils ne « l'espèrent ». Sa femme est encore à l'usine ou en journée; ses enfants sont dispersés au loin. Il est seul!... seul en face de lui-même, aux prises avec ce hideux industrianisme, qui fait sa vie si dure, et si amère la coupe de ses espoirs! Que si la femme et les enfants l'ont précédé dans cette chambre de location, où ils campent en étrangers, leur tristesse augmente la sienne. Toutes les angoisses de la misère imminente planent sur le tête à tête forcé du repas du soir : le froid d'un mutisme douloureux étreint les cœurs. La mal'aria de la désespérance anesthésie les plus opiniâtres vouloirs. A quoi bon lutter? Vivre est bien dur!... Il serait si facile d'en finir!... La misère pousse au désespoir; le désespoir ouvre la porte au suicide!...

La Société de la Bretagne, Messieurs, a compris les dangers sans nombre auxquels le courant d'une émigration fatale expose nos malheureux compatriotes.

Elle s'emploie, de toutes ses forces, au rapatriement des exilés. Elle s'intéresse, en outre, au sort des enfants de nos pauvres frères émigrés. Elle les place dans des orphelinats, dans des écoles professionnelles (1). Elle contribue au placement des Bretons qui ont quitté leur pays. Elle s'est assuré le concours de religieuses « bretonnantes », qui visitent à domicile les pauvres et les malades de la colonie d'Arvor. Elle ménage à nos chers Bretons déshérités, dépaysés, comme déracinés dans la capitale, des fêtes religieuses et fraternelles, qui rafraîchissent dans leur âme la « souvenance » de la mère-

1. Rosnardo près d'Auray; Saint-Michel-en-Priziac (Finistère).

patrie. On y chante les cantiques de Bretagne; on y entend des prêtres au cœur d'or, mais à la langue de granit, tout comme les « Recteurs » de Cornouaille et du Léon.

Enfin, Messieurs, votre Société, — c'est le témoignage de votre intelligent et dévoué secrétaire (1), — « prétend représenter la Bretagne telle qu'elle est : la terre des nobles fiertés et des aspirations idéales, telle que les Parisiens eux-mêmes la chantent, la patrie des « cœurs forts comme leurs chênes, et « pieux comme leurs clochers ». Bretonne avant tout, elle fait appel au dévouement de tous les compatriotes, sans distinction d'opinion. » Dans sa « commisération ardente » pour le sort des malheureux émigrés, la croix en main, elle marche fière et vaillante vers ce noble but : rendre aux Bretons un peu de la Bretagne à Paris!

Vous connaissez, Messieurs, la touchante prière du simpliste du Folgoët : Salaün, le « pauvre fol du Bois » : *Salaün mangerait bien du pain : Ave Maria.* Tels étaient les seuls mots qu'il s'en allait répétant au seuil des chaumières et des castels d'Arvor.

Ce cri de détresse et de confiance, tous nos frères malheureux de Paris vous le jettent en ce moment : « Oui, Salaün mangerait bien du pain, s'il en avait! »

Grâce à votre œuvre, il en aura, Messieurs.

Avec le « pain qui affermit la chair », le « pain de chez nous », Salaün mangera, dans sa joie reconnaissante, le pain de la lumière, de la consolation, de la charité, de la foi, de l'espérance, le pain qui rajeunit et réconforte les âmes!

Puissiez-vous réussir pleinement à lui donner l'illusion de la Bretagne à Paris!

1. Rapport de M. Pierre Laurent, p. 4.

P. LÉON,

DES FRÈRES-MINEURS CAPUCINS DE PARIS.

Paris. — J. Mersch, imp., 4bis, Av. de Châtillon.

P. LÉON

DE L'ORDRE DES FRÈRES-MINEURS CAPUCINS

A l'Honneur !...

Imprimatur :

F. ADULPHUS A BOUZILLÉ

Min. Prov.

Parisiis, die 19 Octobris 1897.

Accipe vestem sacerdotalem, per quam intelligitur charitas et opus perfectum.

Reçois cette tunique du sacerdoce, qui symbolise tous les chefs-d'œuvre de l'amour.

MES FRÈRES,

L'homme s'avance à travers les années, portant dans ses mains la gerbe mal liée de ses souvenirs. Au choc de l'adversité, il voit, en route, lui échapper le meilleur de ses émotions d'antan. Que de fois il s'arrête, surpris, fatigué, tout déconsolé presque : au loin, l'horizon brumeux; là-haut des cieux mornes; partout l'isolement, partout l'ennui.

Qui n'a redit alors la plainte du Prophète : « Seigneur, je ne vaux pas mieux que mes pères; faites-moi mourir! »

Mourir? non pas, Messieurs, car mourir n'est alors que le pis-aller d'un courage qui défaille, la volte-face malencontreuse d'un amour aux abois. Nous mourrons à notre heure. Il s'agit présentement de vivre : vivre, c'est tenir debout, c'est marcher, c'est lutter.

L'heure des renouveaux sonne donc pour le Prophète : l'ange des miraculeux ravitaillements apparaît; sur le deuil soudainement remué du ciel, l'Horeb resplendit.

Arrêtez-vous à votre tour, ô prêtres de l'ordination de 1872, devant la vision des ardeurs juvéniles et des providentiels réconforts.

Notre-Dame de Brebières ne semble-t-elle pas vous offrir ici, en sa « monstrance » (1) d'or, la grâce, aussi vaillante que délicieuse, qui revigore toujours « les hommes de Dieu ».

Vous avez raison d'éployer, à l'autel de la divine Bergère, la touchante cérémonie de vos Noces d'argent. Ici la céleste Pastoure vous redira la valeur de vos ouailles ; la douceur et la puissance de sa houlette, sœur de la vôtre ; les amabilités de Jésus, agneau de Dieu. Où pourriez-vous, mieux qu'aux pieds de Notre-Dame de Brebières, méditer les devoirs de la charge pastorale? où pleurer de tendresse, de repentir? où vous exalter de zèle et vous embraser du feu de toutes les générosités?

Devant son trône, vous chanterez tout à l'heure un *Te Deum* de reconnaissance émue pour les protections dont Marie couvrit votre ministère d'un quart de siècle. Vous y ajouterez le *De Profundis,* en pensant à vos anciens condisciples du séminaire, à vos frères d'armes, chers rapatriés de l'au-delà, dont le souvenir plane au-dessus de cette fête avec une affective mélancolie.

Il y a deux ans, j'avais déjà le périlleux et très doux honneur de prendre la parole devant les jubilaires, vos devanciers. Le cierge bénit de leurs Noces d'argent fut pour moi l'évocateur de leurs joies et de leurs sacrifices.

Aujourd'hui, permettez au plus humble d'entre vous de toucher, avec un religieux respect, la robe d'honneur de votre sacerdoce. Laissez-moi méditer, à la gloire et pour la consolation de vos âmes, la parole que vous adressait votre évêque à l'heure de votre ordination : *Accipe vestem sacerdotalem per quam intelligitur charitas et opus perfectum.*

Comme vous, sans peur et sans reproche, les chevaliers du moyen âge apparaissaient devant l'autel, enveloppés de lin blanc, de pourpre, de soie noire : vêture symbolique de l'honneur, du courage, du sacrifice. Ne reconnaissez-vous pas là, prêtres, chevaliers du Christ, les trois chasubles que vous avez successivement endossées depuis vingt-cinq ans : **la blanche,**

1. La statue de Notre-Dame, en argent massif, avec, à ses pieds, des brebis, élève de ses deux mains au-dessus de sa tête, une splendide custode en forme de soleil, destinée à recevoir la sainte Hostie. Réalisation plastique saisissante de cette demande du *Salve Regina : Jesum nobis ostende.*

la rouge, la noire? Elles contiennent les prérogatives, les dévouements, les souffrances de votre vie.

I

Un jour, — il y a vingt-cinq ans, — l'évêque, armé de la crosse, coiffé de la mitre, vous convoqua devant lui. Vous répondites : « *Adsum*. Présents! » et vous vous prosternâtes, le front contre le pavé de la basilique. Durant cette prostration énergique des amours d'un cœur qui jurait de n'appartenir qu'à Dieu, les orgues ponctuaient plaintivement les litanies des Saints; les fidèles émus s'unissaient au pontife pour attirer du ciel sur ces oblations vivantes, couchées au long des parvis, l'effusion des vaillances héroïques, le ruissellement des grâces, véhicules des puissants ministères.

Vous vous relevâtes enfin, les yeux rouges des larmes du suprême adieu, la bouche froide de l'opiniâtre baiser donné aux dalles, gardiennes de tant de tombeaux.

Vous aviez fait le grand pas, le pas franchisseur d'abîmes : *Hùc accedite.*

Dès lors, vous étiez « la sélection du Christ », la réserve de Dieu : *Segregate mihi Paulum et Barnabam.*

Assez d'ascensions dans les épreuves du détachement et de la chasteté! assez d'attouchements successifs et progressifs des ustensiles sacrés! Voici la tunique blanche aux mains du consécrateur : « Recevez, mon fils, cette mante sacerdotale, riche de prérogatives, éclatant chef-d'œuvre de la charité (1). » Désormais, vous êtes « revêtus de Jésus-Christ (2) ».

Oui, le Christ, avec son caractère et ses pouvoirs, le Christ avec ses rayons et ses parfums attirants, vous enveloppe, baignés à fond de son infinie vertu.

Parez-vous donc de la toge, signe de votre sublime investiture, ô race choisie du Dieu de lumière et d'amour! (3)

1. « Accipe vestem sacerdotalem, per quam intelligitur charitas et opus perfectum. »
2. « Magna sacerdotum tunica! Jesus Christus! »
3. « Induite vos ergo, sicut Electi Dei sancti et dilecti. »

— O chasuble immaculée de l'Ordination, tunique sertie d'or et de soie, que de souvenirs sacrés s'exhalent de vos plis rutilants! Vous êtes le signe délectable des prédilections dont le Seigneur a prévenu et entouré ses prêtres...

Au lieu de les nommer « ses serviteurs », il les nommera ses « amis » : *non servos, sed amicos*. C'est lui qui les a choisis dans l'immensité des créations : *ego elegi vos*. Innombrable est la multitude des appelés et des enrôlés de l'amour divin; restreinte est l'élite! L'armée des soldats du Christ défie tous les calculs de l'imagination; mais l'état-major des chevaliers, des juges futurs d'Israël, est la portion rare (1).

Or, cette tunique sacerdotale range les ordinands dans cette phalange d'honneur : *Ego elegi vos*. Revêtus du manteau symbolique, ô prêtres, méditez sur votre élection! De qui tenez-vous tant de gloire? De Dieu : entendez-vous?

L'Artiste qui a paré les cieux d'un azur diamanté d'étoiles et qui moire les océans avec une averse de soleil; le Triomphateur qui chevauche sur les ailes brûlantes des séraphins, parmi les encensements de la nature en fleurs, la fanfare des oiseaux en fête et les hosannah des siècles adorateurs; le Roi des âmes, le Propriétaire de la joie et de l'extase, le Dieu du Paradis enfin : voilà Celui qui vous a mis à part pour son service (2).

Un jour, du haut de son char de feu, aux coursiers de flammes, le Prophète, en partance pour les mondes d'une attente mystérieuse, jeta son manteau sur son disciple éploré. Le double cri d'Élisée : « *Pater mi! Pater mi! tu currus Israël et auriga ejus!* » lui mérita le double esprit d'Élie : l'investiture de la lumière et de la force, de l'amour et du miracle.

Vous avez reçu, vous, le manteau de Dieu. Lorsque le Christ s'éleva vers les cieux, il vous recouvrit de son autorité, de ses pouvoirs, de Lui-même. « Vous êtes donc, s'écrie saint Pierre, le royal sacerdoce, la légion du privilège, la race de sainteté, le peuple de l'acquisition, la tribu de la lumière inaccessible! (3) »

1. « Multi sunt vocati pauci verò electi. »
2. « Ego elegi vos! ut eatis et fructum afferatis et fructus vester maneat. »
3. « Vos regale sacerdotium, genus electum, gens sancta, populus acquisitionis; vos vocavit in admirabile lumen. »

La louange de l'apôtre dit peu. Prêtres, vous êtes le Christ continué sur la terre (1).

— O chasuble de la première messe ! que de joies vous apportez au jeune prêtre, à sa famille, à la paroisse, à l'Église catholique ! Blanche comme le lis de l'Évangile, plus somptueusement vêtu que Salomon ; pure comme la colombe des sacrés Cantiques ; étincelante comme la neige du Liban aux premiers feux du jour, vous évoquez suavement l'heure d'une extase dont le rayonnement, toujours sanctificateur, a traversé la nuée de tant de tristesses, la fumée de tant de combats !

Vous êtes dans une harmonie admirable avec les sentiments de tous. A l'heure inoubliable du prémicial holocauste, votre éclat n'est-il pas fait des sourires des Benjamins du foyer, étonnés et ravis de voir à l'autel, dans la pompe de la liturgie, ce Joseph de la puissance divine, leur frère aîné ?

Pallium béni, n'êtes-vous pas tout constellé des larmes de la Mère, de la Mère chantant avec Ève — que dis-je ? — d'un accent qu'Ève ne connut jamais ! l'épithalame délirant de sa reconnaissance : « J'ai un fils ; Dieu m'a donné un fils : *genui hominem per Deum*. Mais j'ai donné mon fils à Dieu, et mon fils va me donner Dieu. Par lui, Dieu viendra dans mon âme ; je reposerai heureuse sous la bénédiction de mon fils ; un jour il me fermera les yeux ; il m'ouvrira le ciel... J'ai tenu mon fils dans mes bras : maintenant, mon fils, dans ses mains, tient Dieu ! »

— O chasuble de la première messe, vous annoncez à la paroisse une gloire nouvelle. Vous donnez à la stabilité de la foi, à la pérennité de la religion dans notre patrie un nouvel argument ; vous ajoutez à la somme de nos espérances chrétiennes et nationales une joyeuse unité.

Non, la France ne mourra pas : des prêtres sortent encore de ses flancs ! Les races ne sont pas finies, qui sont jugées dignes de fournir à Dieu des sacrificateurs.

L'Église est toujours jeune, toujours féconde : l'hymen des

1. « Sacerdos alter Christus. »

âmes avec la vérité et l'amour se consomme aujourd'hui comme hier sur la pierre du Calvaire eucharistique.

L'Église est toujours conquérante : les chemins de Sion voient défiler la légion des Triomphateurs consacrés.

L'Église est toujours l'Épouse du Christ : revêtus d'une robe de candeur, les anges du sanctuaire se pressent, beaux, chevaleresques, criant à tous les échos du ciel et de la terre le défi des puissances et des fiertés sacerdotales : *Quis ut Deus?*

Oui : qui est comme Dieu? Qui est riche et bon comme Dieu? Il a donné au prêtre sa puissance souveraine.

— O chasuble du sacerdoce ! vous enveloppez le prêtre d'une magistrature inaccessible à l'homme, d'une autorité capable de rendre jaloux les anges, d'une fonction qui n'est exercée que par Dieu lui-même, car seul Il a le droit de dresser en ce monde la pierre du sacrifice.

Il y a un fait indéniable : l'homme pécheur a peur de Dieu; partout, l'histoire l'atteste, le sentiment d'une Justice supérieure irritée, d'une Majesté infinie offensée, créa des institutions homicides, fit d'effroyables hécatombes. Partout l'humanité versa le sang des victimes pures sous le glaive des sacrificateurs; elle immola des enfants et des vierges dans les antres mystérieux de ses forêts, sur les dolmens fatidiques de ses plaines. Les peuples, comme les individus, sentaient la nécessité d'apaiser Dieu.

Mais, ni les théories de victimes ornées de bandelettes, ni les autels surchargés de chairs palpitantes, ni les graisses se ruant au ciel en spirales de fumée et de flammes, n'ont amené la Justice éternelle à désarmer!

« Vos sacrifices me sont à dégoût, disait le Seigneur, où frapperai-je encore : *Quo percutiam?* »

Qui nous mettra à couvert de cette juste fureur? Qui trouvera la victime sainte et sans tache? Qui versera le sang d'une équitable et juste expiation?

Toi, toi seul, ô prêtre de Jésus-Christ.

Viens donc, monte à l'autel : renouvelle l'œuvre mystérieux attendu par l'homme pendant six mille ans, consommé par Dieu il y a dix-neuf siècles, au sommet du Calvaire; célèbre la sainte messe; rends-nous, sous de paisibles espèces, la réalité du sanglant sacrifice qui nous a rachetés.

Avec un épi de froment, une grappe de raisin et quelques paroles sacramentelles, tu offres à Dieu la très parfaite expiation.

Au glaive mystique de ton verbe divinement efficace, Notre-Seigneur Jésus-Christ s'immole encore pour nous, tandis qu'entre ses doigts s'élève, au-dessus de la foule adorante, le disque blanc de pure farine miraculeusement transsubstantiée.

Non seulement le prêtre prononce la parole qui apaise Dieu; il dit aussi la parole qui regénère et sauve les âmes.

Les agioteurs, les philosophes, les politiciens, tous les lanceurs d'affaires, tous les vendeurs d'orviétan et de panacées se donneraient en vain rendez-vous devant la ruine morale d'un coupable.

Allons, à l'œuvre! Qu'ils combinent la science, la force, l'habileté : ils ne relèveront rien. Le lépreux du vice restera en proie à sa putride plaie; l'enlizé de la chair s'enfoncera plus avant dans sa bourbe : dégradation sans remède, catastrophe sans espoir!

Cependant, ce misérable est blessé; il est mort devant Dieu! Qui le guérira? Qui le ressuscitera?

Sa condamnation est inscrite au livre des anathèmes : qui l'y effacera? L'acte de sa réprobation est aux mains de Satan : qui la lui arrachera?

Il faudrait un pardon authentique, plénier, sans retour : qui le prononcera? Personne : les plus fières juridictions expirent au seuil de la conscience. Le pécheur recourra-t-il au ministère des anges? Sa cause ne ressortit pas à leur tribunal.

Les opérations les plus hautes, les énergies les plus habiles des séraphins ne réinstalleront jamais la vie divine dans une âme moralement cadavéreuse!

Les célestes hiérarchies n'ont aucun droit sur les consciences; elles ne peuvent imposer à Dieu des jugements irréformables.

La Vierge Marie elle-même, paradis vivant des délices de l'adorable Trinité, n'a point reçu le pouvoir des clés. « Je ne

Vous abaisse pas, ô la plus sainte des créatures, ô la Mère virginale de mon cœur. Je vous baise les pieds avec confusion. Dieu, je le sais, peut se créer un ciel plus beau que celui que Vous habitez; sa richesse s'est épuisée en Vous : Vous êtes le nec plus ultra de sa vertu créatrice : Mais permettez au dernier des pécheurs de le proclamer à la gloire du sacerdoce : Il y a dans le ministère du prêtre un côté qui vous dépassera toujours : le droit de dire au criminel : « Je t'absous. » *Excusa me, Mater, non loquar contra Te, sed sacerdotium prætulit super Te* (1). »

Et cette sentence d'autorité prononcée à voix basse par un pauvre prêtre, dans un humble confessionnal, s'en va retentissant d'un monde à l'autre, sans que le ciel, ni l'enfer, ni les anges, ni Dieu même puissent tenir lié ce que le prêtre délie; sans qu'ils puissent délier ce que le prêtre tient lié.

« As-tu, disait Dieu à son serviteur Job, as-tu le bras aussi puissant que le mien? une voix comme celle de mes tonnerres? (2) »

Si Job eût été l'un de nos prêtres, le moindre de tous, il eût pu répondre : « Oui, Seigneur, vous m'avez fait ce bras, et quand je l'étends sur la tête d'un pécheur, d'un signe j'arrache son âme à Satan, sa condamnation à votre justice; et quand je dis : *Ego te absolvo,* toutes vos foudres n'ont plus qu'à se taire, à s'éteindre à mes pieds. »

Qui que vous soyiez donc, ô coupables, — faces blêmes battues du vent des remords, cœurs taraudés par les souvenirs honteux, âmes ravinées par les secrètes angoisses, — fussiez-vous marqués au fer rouge et coiffés du bonnet vert : au nom de la Miséricorde infinie de Dieu, au nom du prêtre, intendant de ses allégeances, dispensateur de ses pardons, je vous dis : Forçats, espérez!

Espérez, le bagne finit au confessionnal; au confessionnal le paradis commence!

1. Saint Bernardin de Sienne.
2. « An habes brachium sicut Deus, et voce simili tonas? »

II

La chasuble blanche rappelle au prêtre ses plus saintes joies : Elle symbolise aux yeux des fidèles les merveilleux pouvoirs de son ministère.

C'est la « robe première » embaumée de l'encens des latines oraisons, diaprée des perles de la munificence divine. C'est la tunique de gloire qu'il revêt parmi les *hosannah* de Noël et les *alleluia* de Pâques.

Mais elle n'est pas la seule qu'il doive endosser. Voyez plutôt : La liturgie déroule-t-elle devant nous les scènes douloureuses de la Passion du Christ? Embrase-t-elle le monde de l'incendie de la Pentecôte? Chante-t-elle, avec la catholicité entière, la mort glorieuse de Pierre et de Paul, rois des apôtres, sublimes fondateurs de la Rome chrétienne? O prêtre, c'est l'heure de te revêtir de rouge.

Faut-il exalter le triomphe d'Étienne en extase sous la grêle des pierres crépitantes? *Video Jesum stantem.*

Faut-il redire avec le diacre Laurent, à moitié consumé, les délicieuses clartés qui se lèvent dans la fumée de son holocauste terrifiant? *Mea nox obscurum non habet.*

Faut-il célébrer avec Ignace d'Antioche, dans les Colysées hurlants, la joie d'être broyé sous la dent des bêtes : noble victime, froment sacré?

O prêtre, c'est l'heure de prendre encore ta robe aux reflets de sang et de flamme, c'est l'heure d'évoluer autour des reliques des martyrs. Oui, c'est l'heure de porter la pourpre liturgique; car elle prêche en ses plis d'écarlate les prérogatives, les travaux, les combats, les sacrifices glorieux de l'amour sacerdotal.

— La chasuble de pourpre convient au sacerdoce catholique. Avec elle, il se dresse, depuis dix-neuf siècles, au-dessus du monde, dans la gloire d'un célibat héroïque, avec l'auréole d'un sacrifice, divinement fécond, qui le crucifie dans sa chair et dans son cœur : voilà l'incontrefaisable marque de notre puissance morale.

Pour être l'homme de Dieu et des âmes, l'Église exige que le prêtre soit chaste.

Comment cette loi austère et magnifique a-t-elle été inaugurée? A-t-elle été votée par acclamation dans un élan d'amour et de générosité? A-t-elle été l'enthousiaste réponse du cœur sacerdotal au cœur de Notre-Seigneur Jésus-Christ livré pour nous, ou le décret d'une souveraine prudence?

Quoi qu'il en soit, le célibat ecclésiastique est le plus pur joyau de l'Église; la fleur la plus délicate de la corbeille évangélique; le trophée le plus précieux conquis par le Christ sur le champ de bataille de nos passions; le cri du sublime rappel à l'ordre lancé par la vertu à toutes les lâchetés de la chair. « A pareil poste, nul ne peut tenir », objecte la faiblesse. — « J'y reste bien, moi! » — Quel argument irréfutable sur nos lèvres consacrées.

Les vicieux ont beau rugir : mes Frères, nous vous offrons l'Évangile avec des mains pures; nous abritons la vérité dans un cœur chaste; nous vous prêchons les austérités de la religion d'une bouche accoutumée aux mâles baisers de l'autel et du crucifix. Le célibat sacerdotal prouve aux moins clairvoyants que nous sommes, nous, des *convaincus*.

Pour ma part, je me sens insulté dans ma dignité d'homme, dans mon honneur de prêtre, lorsque je lis cette assertion d'un romancier réaliste : « Le prêtre est un soldat sans patrie, sans croyance, qui, par honnêteté, reste à l'autel pour tenir allumée la flamboyante auréole au-dessus du peuple à genoux (1). »

Non, Monsieur Émile, le prêtre n'est pas un sans-patrie : Outre qu'il aime son pays d'un amour qui ne redoute aucun parallèle, on le verra, comme toujours, à l'heure de la *débâcle*, affronter la mort pour sauver ses frères; et les brancardiers le trouveront parfois étendu dans sa soutane noire sur les monceaux de cadavres de nos soldats. Le prêtre est fils de France : il ne reconnaît à personne le droit de lui dénier ce titre. Il a même deux patries : celle du sol qui l'a vu naître, dont il parle la

1. Zola, *Lourdes*.

langue; celle des âmes que son caractère lui conquerra toujours. Oui, les âmes lui appartiennent par droit de chasteté; la pureté lui donne une paternité spirituelle incomparable.

Le célibat est la garantie du zèle sacerdotal : Si le prêtre s'isole, c'est pour être le père de tous les malheureux; s'il s'écarte de la foule, c'est afin de communier à toutes les amours divines, qui lui rempliront le cœur d'une intarissable miséricorde.

Sans doute la chasteté constitue le martyre incessant de la chair (1). Mais la fécondité des œuvres découle toujours du sacrifice. La croix ne projette sur le monde que la gloire de la Victime clouée entre ses bras.

« Pourquoi êtes-vous teints de rouge, comme les vendangeurs qui foulent les grappes au pressoir? » Au pourquoi du Prophète les hommes du célibat catholique peuvent faire de sublimes réponses :

— Nous sommes en rouge, parce que Jésus est parti pour le Calvaire avec la couronne d'épines au front, avec, aux épaules, la chlamyde écarlate (2). Le disciple doit suivre le Maître.

— Nous sommes en rouge, parce que le Christ nous a aimés et lavés dans son sang : royaume et prêtres de Dieu, nous portons sa marque indélébile (3).

— Nous sommes en rouge, parce que la Victime adorable s'immole en nos mains, et que nous sommes les frères des martyrs.

— Nous sommes en rouge, parce que, après être montés chaque matin à l'autel du Dieu, charmeur de notre jeunesse, nous gravirons peut-être un jour les marches d'un échafaud, victimes expiatrices des iniquités du peuple (4).

— Nous sommes en rouge, parce que le sang de nos affections, broyées sous le mystérieux pressoir, rejaillit sur notre vie; parce que nous habitons au sommet du Thabor et du Gol-

1. « Virginitas Martyres facit. » (Saint Ambroise.)
2. « Exivit ergo Jesus portans coronam spineam et purpureum vestimentum. »
3. « Christus dilexit nos et lavit nos in sanguine suo, et fecit nos regnum et sacerdotes Deo. »
4. « Propter scelus populi percussi eum. »

gotha, cimes empourprées de l'amour; parce que l'Esprit de flamme s'est reposé sur nous, habite en nous, nous pousse, brûlants de zèle, à toutes les œuvres, vers toutes les âmes (1). — Nous sommes en rouge, parce que, en deux mots qui résument toute notre vie, nous sommes des *sacrificateurs* et des *sacrifiés : Sacer esto.*

Sans la tunique rouge de notre célibat, que serions-nous devant le peuple?

Des popes! c'est-à-dire un sacerdoce avili, peureux, vénal, toujours prêt à lécher la botte éperonnée d'un despotisme prodigue de coups de fouet ou de billets de banque.

Des pasteurs protestants, c'est-à-dire une bourgeoisie en redingote noir, en cravate blanche, une sorte de syndicat, moitié religieux, moitié rationaliste, dont les membres montent en chaire, le dimanche, à seule fin de donner des leçons de philanthropie. Une paternité honnête, sans autre prosélytisme que celui de placer des Bibles et de marier ses filles.

Pour nous, prêtres catholiques, nous réclamons le douloureux honneur que l'Église nous impose en nous livrant, dans la primevère de nos énergies viriles, son calice et son hostie.

Les misères de détail, — d'ailleurs toujours rares, — ne peuvent ternir la beauté de notre sacerdoce : il y a des taches dans le soleil même; Dieu découvre des assombrissements jusque dans la lumière de ses anges.

Malgré les scandales que l'histoire a enregistrés, malgré nos imperfections humaines, le célibat est la grande et belle lettre testimoniale de notre puissance dans le monde des âmes; il est aussi la source la plus large et la plus profonde de notre dévouement.

Avec un rayonnement d'incendie, la chasuble rouge ne nous redit-elle pas éloquemment la nécessité d'ouvrer le grand œuvre pour lequel nous sommes entrés dans le sanctuaire : le salut de nos frères et la gloire de Dieu.

Laissons-nous dévorer aux flammes du zèle; bâtissons des

1. « Charitas Christi urget nos. »

écoles, des hôpitaux, des églises; organisons des pèlerinages et des congrès; soulageons les pauvres; visitons les malades; assistons les mourants; mettons de la consolation dans les cœurs ulcérés; défendons la vérité!

Ne sommes-nous pas les soldats de Jésus-Christ?

Les uns voudraient faire de nous, je le sais, les fakirs indolents d'une religion poussiéreuse et surannée, les gardiens muets d'un culte vénérable en ses bandelettes.

Les autres nous permettraient encore, muezzins debout sur les minarets, de sonner le *sursum corda* d'un mysticisme opportun aux heures du deuil et des larmes.

La plupart nous regardent plutôt comme des fonctionnaires à gage chargés par l'État d'enseigner aux citoyens le respect du code et des lois existantes.

Mais, nous n'acceptons pas, ministres de l'Évangile, lieutenants d'un « Dieu qui n'aime rien tant que la liberté de son Église (1) », le déshonneur ou la banalité de ce rôle d'esclaves.

Nous ne sommes ni des caissiers de dispenses matrimoniales, ni des emmurés de sacristie. Qu'on ne nous accuse donc ni de rébellion ni d'ilotisme.

Nous sommes les chevaliers du Christ. Aux fêtes des martyrs, notre tunique rouge nous rappellera toujours que nous avons, comme notre divin Maître, la mission d' « allumer le feu sur la terre ». Amour, zèle, luttes du droit contre l'injustice, de la vérité contre l'erreur; flammes d'un verbe indépendant; ardeurs d'une vie consacrée à Dieu et aux âmes : tout enfin dans nos œuvres doit refléter l'éclat symbolique de notre chasuble de pourpre.

Nous sommes les chevaliers du Christ. Nous ne pouvons donc pas demeurer impassibles en face des attaques de l'impiété. Quoi? des prêtres silencieux, immobiles, indifférents devant les insultes et les coups dont la religion est accablée! sont-ce là des prêtres vivants? Non, mais des cariatides revêtues des insignes du sacerdoce, avec une bouche sans parole, des mains sans

1. Bossuet.

action, supportant, ignominieusement courbées, le poids de toutes les tyrannies césariennes ou populaires.

N'oublions pas les leçons imprescriptibles de l'Évangile. La veille de sa Passion, Jésus disait : « Que celui qui a un sac le prenne ! Que celui qui n'en a point vende sa tunique et achète une épée ! »

Oui, mes Frères, le sac, et le caillou, et la fronde de David. Ces Goliaths vantards seront bientôt par terre. Ils n'ont que du front : visez donc au toupet ! Ils disent que nous ne répondons à aucun de leurs défis, acculés au souci du pain quotidien, tapis dans l'inquiétude de voir notre traitement supprimé !

Allons, prêtres de France, montrons-nous, luttons. Ne nous faisons pas oublier à force de nous cacher, avec, à la porte de nos presbytères, cette inscription tirée en guise de verrou : « Sonnette de nuit pour les sacrements. » Sortons du « home » ; marchons et parlons, agissons et combattons au soleil brûlant de toutes nos libertés. La vérité, dont nous sommes les porteurs, veut être « clamée sur les toits (1) ».

N'exagérons pas les prudences au détriment des énergies. Mourir pour mourir : mieux vaut tomber sur le champ de bataille des fières revendications, des indignations magnanimes et des blessures glorieuses, que d'attendre, chargés des fers d'une veulerie de plus en plus lourde, d'être mis fatalement dans un sépulcre sans honneur.

Aussi bien, pourquoi trembler ? La mort entre comme élément de gloire dans notre vocation de soldats du Christ (2). Nous sommes avec le Christ des victimes : nous ne quittons la chasuble rouge que pour revêtir la tunique noire aux pleurs d'argent des messes de funérailles. Nous savons aimer dans le travail et la lutte ; nous savons aimer dans les tristesses et les agonies de notre ministère contemporain.

1. « Prædicate super tecta. »
2. « Quotidiè morior. »

III

« C'est parce que la doctrine du Christ est destinée à survivre à toutes les doctrines de ce monde, que nous portons un vêtement noir.

« En même temps que nous prions pour relever les âmes tombées et apaiser les intelligences révoltées, nous revêtons publiquement le signe de l'expiation ; nous portons le deuil des rêves évanouis, des illusions perdues, des théories qui passent, des folies qui bouleversent.

C'est pour cela que les utopistes, les philosophes, les académiciens, race superbe en apparence, au fond superstitieuse, perdent la tête à la vue d'un pauvre prêtre, car il leur rappelle, comme un mystérieux fantôme, la vanité de leurs pensées (1). »

La chasuble des jours de funérailles est le signe des tristesses qui pèsent sur le clergé de France, dans le dernier quart de ce siècle.

Elle ne redit pas seulement, à l'heure du *Requiem* et du *Dies iræ*, les poignantes angoisses du cœur des prêtres, lorsqu'il leur faut conduire au cimetière la dépouille de ces chrétiens qu'ils ont autrefois baptisés et nourris du Pain des forts, enfants aimés de leur sacerdoce, trophées opimes de leur zèle pastoral : joie, honneur, couronne de leur apostolat.

Elle ne les adapte pas seulement, en leur vêture liturgique, aux austérités de la mort qui endeuille successivement toutes les maisons de la paroisse. Elle symbolise encore les inquiétudes de leur zèle, les soucis de leur ministère, les propres tristesses de leur vie sacrifiée.

Te voici donc, ô prêtre, dans la clarté des cierges, à travers les fumées odorantes de l'encens, chargé de la croix, aux reflets d'argent, qui, sur ta mante funèbre, brille à tous les yeux. Te voici, porte-deuil des douleurs de tous, mêlant tes larmes aux larmes de tes frères, qui sont, de par Dieu, tes enfants.

1. J. Delaroa, *Patenôtres d'un surnuméraire*, p. 89.

On te voit toujours en souffrance pour les âmes, mais toujours confiant au Christ, de tes supplications fatiguant toujours le ciel, mais toujours opiniâtre en tes saints vouloirs, porter au milieu de la paroisse le fardeau du salut commun et garder à l'espérance un dernier asile, jusqu'au jour où Dieu te relèvera de ton poste d'honneur et d'agonie, jusqu'à l'heure où, revêtu d'une robe de lumière, tu chanteras en paradis l'épithalame des noces éternelles. En attendant, soupire, pleure, mais veille, parmi les tentures de mort, ô toi que notre siècle relègue trop souvent en ton église, comme en un Gethsémani désolé!

Au Jardin des Oliviers, le Christ étale devant son Père l'immensité de sa détresse; finalement, la tempête de ses répulsions, de ses navrances se fond en un *Fiat* de sublime amour. La Passion a été acceptée là tout entière; là, plus qu'au Golgotha peut-être, a été payée la rançon de notre salut.

En face de ces souvenirs, à l'école de cet exemple, ô prêtre, disciple de Jésus, tu puiseras la force de boire, jusqu'à la lie, le calice glorieux où tombent, amères et chaudes, les larmes de tes coutumières tristesses. Souviens-toi, homme vêtu de noir, que l'épreuve est le contre-poids obligé de ta dignité, le sceau de ta grandeur, le secret de ton incomparable influence, la marque de ton appartenance au Dieu rédempteur.

Tu demandes chaque matin au tabernacle silencieux le pourquoi des tristesses de ton âme : *Quare tristis es, anima mea?*

Ne sais-tu pas que tout ce qui est grand, fécond, immortel ici-bas, demeure toujours, par quelque côté, voilé d'une mystérieuse mélancolie?

La sueur couvre le front, les larmes brûlent les yeux, le sang inonde le cœur de ceux qui marchent par des sentiers abrupts, sur la foi d'un idéal supérieur : liberté, patrie, âmes, Dieu!!...

Sois donc triste de la solitude de ton église. Sois triste des insuccès persévérants de ton zèle opiniâtre; de l'inanité apparente de tes efforts; de la monotonie et de la sécheresse de ta pauvre vie : lande grise sous un ciel brumeux!

Sois triste des joies que le passé t'a données, que le présent te refuse.

Sois triste des illusions éteintes, des espérances tombées : automnale jonchée de feuilles autour de l'arbre découronné!

Sois triste des abandons et des dédains, des froideurs et des haines qui ne se dénombrent pas!

Sois triste : L'Église de France est aux fers! La main qui la nourrit la déshonore à la face de notre conscience, lui mettant le baillon sur la bouche pour étouffer dans sa gorge les cris des courageuses indignations.

Sois triste : parce que l'heure sonne sur l'armée des « vaillants d'Israël », l'heure des soumissions tremblantes devant les caprices les plus insensés d'un ministre ou d'un préfet; l'heure des divisions stériles, des ambitions scandaleuses, des servilités plates : heure de honte et de défaite, heure de mort!

Sois triste : à cause de la moisson d'outrages que récolte aujourd'hui le Seigneur Jésus-Christ; à cause de l'ingratitude dont les bons paient son amour; de la perversité des mauvais pour le chasser de son royaume!

Sois triste; mais ne désespère jamais ni des âmes, ni de l'Église, ni de Dieu!

— Écoute du côté de la terre, prête l'oreille vers les cieux : entends-tu les voix qui prient, les voix qui chantent, les voix qui pleurent. O prêtre! comme Jeanne d'Arc, entends-tu « tes voix »?

« Les voix m'ont dit : Prends tout en gré, ne te chaille (1) de ton martyre; tu t'en viendras au royaume du paradis. »

Pauvre Jeanne! *les voix qui prient* lui avaient, au temps de la prime jeunesse, au milieu des fleurs et des oiseaux, des cloches et des bénits anges, parlé de « la grande pitié » de là-bas.

O prêtre! te rappelles-tu, toi, les souvenirs évocateurs de ta pieuse enfance; les invitations, les supplications même, que Dieu t'adressait pour t'attirer à son autel!

Pauvre Jeanne! *les voix qui chantent* avaient claironné les victoires de son étendard qu'elle « aimait beaucoup plus, voire

1. Soucie.

quarante fois plus que son épée ». Elles avaient célébré Orléans délivré, le Roi sacré à Reims, les Anglais « boutés hors de France ».

O prêtre! te rappelles-tu, toi, la bénédiction joyeuse de tes premiers travaux; le rayonnement de ta parole, les chevauchées triomphales de ton zèle; la consécration de tes œuvres, éclairs du combat, joies de l'autel!

Pauvre Jeanne! *les voix qui pleurent* retentirent enfin.

Cage de fer! Prison infâme! inique et abominable procès!... Universel abandon! Bûcher de Rouen!... Était-ce donc là ce que lui promettaient « ses voix »?

Oui! c'était la solde finale de tant de triomphes. Le salut des âmes et des peuples se paie toujours au prix du sang.

« Mes voix étaient de Dieu, s'écriera Jeanne, presque enveloppée par les flammes; mes voix ne m'ont pas trompée. »

O prêtre! souffre à ton tour, toi : agonise, meurs, s'il le faut, sur le bûcher de ton sacrifice. Tes voix sont bien de Dieu : elles t'appelaient à l'immolation. Tes voix ne t'ont pas trompé; elles t'appelaient : A l'honneur!

P. LÉON,

DES FRÈRES-MINEURS CAPUCINS DE PARIS.

Paris. — J. Mersch, imp., 4bis, Av. de Châtillon.

www.ingramcontent.com/pod-product-compliance
Ingram Content Group UK Ltd.
Pitfield, Milton Keynes, MK11 3LW, UK
UKHW021056270726
13967UKWH00012B/1963